FOLIO POLICIER

Ken Bruen est né en 1951, à Galway, en Irlande. Après une carrière d'enseignant en anglais qui le mène en Afrique, en Asie du Sud-Est et en Amérique du Sud, il décide de se consacrer à l'écriture. Il est le créateur des inspecteurs Roberts & Brant (*Le Gros Coup*, *Le Mutant apprivoisé*, *Les Mac Cabées*, *Blitz*) et des enquêtes de Jack Taylor, dont *Delirium tremens*, juste avant *Toxic Blues*, *Le martyre des Magdalènes* et *Le dramaturge*, est le premier volet traduit en France. Son style incisif et la férocité désarmante de ses personnages l'ont d'emblée placé parmi les meilleurs d'une génération anglophone en passe de renouveler le roman noir.

Pour Izzy Bain et Noel Bruen

Je tombe... tu tombes... il/elle tombe... amoureux

Falls savait que le type allait l'aborder. Avec une minijupe aussi courte, c'était pratiquement couru d'avance. Assise à sa table, elle sirota son verre et attendit.

Bingo ! Il était là...

« Je peux m'asseoir ? Ça ne vous ennuie pas ?

— Pas encore. »

Il la regarda, le sourcil en accent circonflexe. « Ça ne vous ennuie pas encore ou j'ai pas encore le droit de m'asseoir ? »

Falls haussa les épaules et tâcha d'avoir l'air à l'aise dans ce bar. Pas facile quand on est :

(a) de sexe féminin

(b) anglaise

(c) noire.

Le type s'assit.

Elle demanda : « Vous faites de la natation ?

— Pardon ?

— C'est juste que je trouve que vous avez un gabarit de nageur...

— Ah ? Ben, non… Je ne nage pas. En tout cas, plus depuis *Les dents de la mer…* »

Elle gloussa : « Les requins sont plutôt rares, en Angleterre. »

Il eut un sourire indulgent — jolies dents — et lança : « On voit que ça fait longtemps que vous n'êtes pas allée faire du shopping sur Walworth Road ! »

Elle se remit à rire et se dit *in petto* : « Attention, cocotte ! Si tu ne fais pas gaffe, tu vas te prendre au jeu… »

Il se mit à lui faire son baratin. Pas vraiment génial ni très original, mais potable.

Elle leva le doigt et lui dit : « Stop !

— Quoi ?

— Écoutez, vous êtes très séduisant — mais ça, je ne dois pas être la première à vous le dire… Si on sort ensemble, on se plaira, on aura vite envie d'aller plus loin, on finira sans doute la soirée au lit et on s'éclatera dans toutes les positions. » Le type inclina la tête, encore qu'avec un rien d'incertitude, et elle enchaîna : « Je sais que vous, vous prendrez votre pied… — un superpied, même — et que ça ne me déplaira sans doute pas, à moi non plus. Mais ensuite ? Les mensonges, les reproches, les scènes… Alors, à quoi bon ? »

Il réfléchit deux secondes et dit : « Je préférais nettement le début du programme…

— De toute façon, vous êtes beaucoup trop vieux pour moi. »

Ça, ça le mit K.-O. D'un seul coup, d'un seul, rétamé, le gars… Plus de jus — avant même d'avoir commencé…

« Merde ! se dit-elle, pas très fière d'elle. Quand je pense qu'on prétend que la vengeance est douce… »

Dans un de ses rares moments de sobriété, son père lui avait dit, un jour : « Si tu veux te venger, creuse deux tombes. »

Son père occupait déjà la première et l'autre béait devant elle. Tout ça parce que Eddie Dillon avait réduit son cœur et sa confiance en miettes. Cette espèce de salaud d'homme marié…

✞

Ron Fenton goûta son thé, fit « Ooooh !… Bèèèèrk ! » et lança à la serveuse : « Yo ! Sheila ! Comment que t'arrives à merder du thé en sachet ? »

Sheila se garda bien de répondre. Le Mutant était connu dans ce café de Walworth Road, comme dans pratiquement tout le sud-est de Londres. Enfin, connu… de réputation, surtout. Celle de porter la poisse à son entourage.

Son cousin avait fait partie du « Gang du E ». Des fondus de l'autodéfense, qui s'étaient illustrés à Brixton en pendant des dealers à des lampadaires, avant de finir criblés de balles dans une fumerie de crack de Coldharbour Lane[1].

Personne n'appelait Fenton « le Mutant » en face. Pas deux fois, en tout cas.

Il se plongea dans la lecture de son poème en chiquant ses feuilles de thé.

SANS TITRE

Et il avait ses bouquins
des occases
une petite vingtaine, soigneusement rangés
Un magnétophone made in Germany, quelques posters de prison
Souvenirs-souvenirs, quelques photos aussi
Et l'appareil photo, mensonges probants.
Pour la picole,
un mug Snoopy,
une paire de groles trop petites
Un jean anglais
Un petit sourire de faux dur,
une veste minable —
une fin de série achetée en solde.

Un ceinturon
avec une boucle en fer-blanc…

1. Voir *R&B — Le Gros Coup*, Folio Policier n° 393.

des caleçons propres, des bribes de chansons
et une gueule de bois
Dieu m'en préserve !
La prière ordinaire du Londonien.
Une montre
Timex, à bracelet de plastique.

Il interrompit sa lecture, traversé par un souvenir… Stell, le jour où elle était venue le voir à Pentonville, alors qu'il y était depuis six mois et qu'il lui en restait encore trente à tirer, et où elle lui avait dit : « Ron, je suis tombée en cloque. »

Il ne savait pas quoi dire, alors il lui avait dit : « 'Chais pas quoi dire. »

Elle s'était mise à chialer, et il avait demandé : « Quoi ?… Qu'est-ce qu'y a, Stell ? »

Et elle qui lève la tête, les yeux noyés de chagrin.

« Ron… je l'ai fait sauter. »

Là, il avait sauté, lui aussi. Sur ses pieds. Ça, il s'en souvenait. Il avait foutu un coup de boule à un premier maton, en avait assommé un deuxième comme qui rigole et ensuite : les matraques, les bâtons et les coups qui se mettent à pleuvoir sur lui. Drus, cinglants. Une vraie averse du Galway.

Il avait fait trois mois de mitard, perdu tout droit à une remise de peine et écopé d'un an de plus. Période noire. Le temps de la haine. Habité, mû par une rage de tous les instants. Le gardien-chef, un dénommé Potter. Pas le pire des matons et même, d'un certain point de vue, correct. Avec un petit reste d'humanité. Il avait risqué un sourire, lui avait presque tendu la main. Des clous !

Mais le gars était revenu à la charge.

« Oublie-la, Ron. Elle en vaut pas la peine. »

Le crachat de Ron qui s'écrase sur son uniforme.

Les autres matons qui convergent sur lui, mais Potter leur fait signe de reculer et dit : « Cette fois, c'est ma tournée, Ron. »

✝

Il avait écumé tous les pubs du nord de Londres. Il aurait mieux fait de ne pas s'aventurer en dehors de son fief — les quartiers sud-est. Putain ! Le Nord… Highbury et les conneries qu'on lui avait racontées.

Qu'elle était à San Francisco, par exemple.

O.K. ! C'était pas un problème. Mais il allait lui falloir de la thune, et même un sacré paquet. Il était en train de s'en occuper…

En taule, il avait commencé à écrire son poème — à le graver, plutôt — sur un rouleau de PQ, avec un ministylo-bille publicitaire de chez

William Hill, les bookmakers. Un des voyants extralucides de la détention lui avait dit :

« Je te prédis un grand avenir, Ron !

— Ah ouais ? Tu verrais pas un whisky double m'arriver bientôt, des fois ? »

Un jour, le pédé de la division, qui venait de lui faire une pipe, avait aperçu le poème et lui avait dit : « Tu d'vrais l'envoyer à un journal. »

Il l'avait calotté : « Touche pas mes affaires ! »

Mais il s'était mis à gamberger.

Un samedi particulièrement vide (Millwall était mené deux à zéro), il avait ouvert une revue et soudain, des mots l'avaient frappé, tac ! tac ! tac ! comme des boules de billard qui se carambolent :

POÉSIE
CONCOURS GRATUIT
PRIX EN ESPÈCES
PUBLICATION

Il envoya son poème.

« Et qu'y z'aillent se faire mettre, si z'ont pas l'sens de l'humour ! »

C'était Dex le Cinglé qui disait ça tout le temps. Dex… On l'avait retrouvé sur un tas d'ordures à Walworth, roulé dans un sac-poubelle. Un vieux numéro de *The Big Issue* coincé dans son slip kangourou. Il avait toujours aimé lire, le vieux Dex… Et causer, aussi. Il était même trop bavard. Une petite Black lui avait taillé une deuxième bouche d'une oreille à l'autre.

On avait retrouvé la fille. Morte, elle aussi.

Depuis que Derek Raymond a rendu l'âme, les personnages de roman ont perdu la leur.

Bref, il avait envoyé son poème.

Il reçut la réponse suivante :

Cher Ronald,

Si toutefois vous me permettez de vous appeler ainsi…

« Oh-oh ! se dit Fenton, gaffe à ton larfeuille, mec ! », mais il poursuivit sa lecture.

Votre poème a été sélectionné par un jury composé de personnalités éminentes du monde des lettres pour participer à notre Grande Finale. Le gagnant se verra remettre un prix d'un montant de mille guinées. Tous les textes qui nous ont été soumis seront regroupés dans un luxueux volume que les meilleures librairies auront à cœur de promouvoir.

Vous n'êtes pas sans savoir que les coûts de fabrication d'un volume de cette qualité sont extrêmement élevés. Mais, pour la modique somme de cinquante livres sterling, nous nous ferons un plaisir de vous réserver votre exemplaire personnel numéroté. Ne tardez pas à le commander car il n'y en aura pas pour tout le monde.

Il va sans dire que votre contribution n'influera en rien sur les résultats de la Grande Finale, qui, nous vous le rappelons, est dotée d'un prix de MILLE GUINÉES *! Nous comptons sur une prompte réponse de votre part.*

Bien sincèrement,

P. SMITH
Responsable de la Coordination
Le Monde de la Poésie, S.A.

Ron répondit de sa plus belle plume :

Cher P. Smith,
Vous avez qu'à prendre ma part sur les 1 000 guinées.

Bien à vous,

R. FENTON,
Taulard.

Quelque part sur la droite de Clapham Road, il y a une rue qui s'appelle Lorn. Si vous la suivez jusqu'au bout, vous arrivez à Brixton.

Peu s'y risquent.

C'est dans Lorn que Brant s'était dégoté son nouvel appart – ironie qui ne lui avait pas échappé.

Lorn. L'ornière…

Et comment !

Depuis qu'il s'était pris ce coup de couteau dans le dos, on lui faisait jouer les ronds-de-cuir. Tu parles d'un boulot à la mords-moi-le-nœud, comme il disait.

Les jours où il était de repos, il allait au cimetière et mettait des fleurs sur la tombe de Tone. Il n'avait pas raté une semaine. Et chaque fois, il disait : « Désolé, petit. J'ai pas gardé l'œil sur toi et ces connards t'ont fait la peau pour un falzar. »

Mortelle, la pub ! « *On serait prêt à tuer pour un pantalon pareil !* »

Le duo Sparadrap était rentré sous terre. Ou en Irlande… Rien ne prouvait que c'était eux. Simple intuition. Mais un de ces quatre… ouais, un de ces quatre, il se lancerait à leurs trousses.

Seul l'inspecteur principal Roberts était au courant du rôle de Brant dans la mort de Tone. Et il ne dirait rien. Pour Roberts, que Brant ait été à un cheveu d'y passer, lui aussi, avait en quelque sorte remis les compteurs à zéro.

Curieux marchandage, mais bon… ils étaient flics, pas psys.

L'inspecteur principal Roberts avait pris un coup de vieux. Tout en se rasant, il se regarda dans la glace et marmonna : « Putain, le coup de vieux que t'as pris ! »

Des rides profondes lui creusaient le front. Sa chevelure gris acier, naguère si impressionnante, était d'un blanc de neige et trop longue. Il avait des sillons à la Clint Eastwood sur les joues. Mais même Clint s'efforçait de les planquer, maintenant. Avoir l'air douloureux, c'est supercool, il paraît. Mouais… Jusqu'à quarante berges, peut-être, mais passé cet âge, on a juste l'air d'avoir des problèmes de transit.

Roberts adorait le soleil. Non. C'en était carrément un inconditionnel — de ça, et du cricket… Trop d'étés passés à se faire bombarder d'U.V. avaient causé des ravages à son épiderme. Pire, des mélanomes lui étaient apparus sur le torse et sur les jambes. Quand il les avait remarqués, il avait marmonné, assommé : « Qu'est-ce que c'est que ce bordel ? »

Il savait – et comment, nom de Dieu ! – que si ces saloperies se mettaient à noircir, vous étiez foutu. Elles avaient noirci.

Le toubib lui avait dit : « Je ne vais pas tourner autour du pot… »

Et là, Roberts avait pensé de toutes ses forces : « Si ! Faites-le… Mentez-moi, si nécessaire – comme un arracheur de dents – tournez autour du pot aussi longtemps que vous voudrez ! »

« … vous avez un cancer de la peau.

– Chierie ! »

Après coup, Roberts s'était dit : « J'ai vachement bien encaissé… »

Il avait été malade comme un chien en découvrant en quoi allait consister le traitement.

Texto : « Une fois par semaine, nous ferons des rayons.

– *Nous ?* Vous serez sous la machine avec moi, vous voulez dire ? »

Le toubib se fendit d'un sourire magnanime, entre pitié et irritation naissante, et enchaîna : « Nous verrons comment vous réagissez aux rayons et si ça n'a pas les résultats escomptés, nous passerons au laser. »

Roberts eut envie de hurler : « Remonte-moi, Scottie[1] ! J'aperçois une pancarte ! Y a écrit : "Quatrième dimension" ! »

Il laissa le toubib débiter la fin de son baratin. « Plus tard, nous éliminerons certaines des tumeurs. Une intervention chirurgicale bénigne…

— Bénigne… ça dépend pour qui, mon vieux ! »

Le toubib en avait fini avec lui. Il allait probablement se faire un neuf trous avant d'opérer. Il dit : « Nous allons vous prendre une série de rendez-vous ici, le lundi, et je ferais peut-être bien aussi de vous avertir des effets secondaires prévisibles :

« Un, vous allez vous trouver très très fatigué, alors ménagez-vous.

« Deux, le traitement va vous dessécher — une soif inextinguible est très courante. »

Roberts avait une soif de tous les diables, justement.

En sortant de chez le toubib, il fila au Bricklayers. Le barman — crâne dégarni, queue-de-cheval et gilet plein de taches — lui lança : « Qu'est-ce que je vous sers, m'sieur ?

— Un Dewars, s'il vous plaît. Double.

1. « *Beam me up, Scottie !* » : réplique (apocryphe) du capitaine Kirk, dans la série *Star Trek*, entrée dans le langage courant et signifiant : « Tire-moi de là. »

— Glaçons ?… Eau plate ?

— Vous ne croyez pas que j'aurais pensé à vous en demander si j'en avais voulu ?

— Oh ! oh ! On a l'épiderme sensible, hein… »

Roberts ne répondit pas, se demandant comment ce crétin réagirait si on lui annonçait qu'il était bon pour une cure de rayons. Comme si de ne pas dire « radiothérapie » rendait le traumatisme plus supportable… Oh ! si seulement ça pouvait être le cas ! On peut toujours rêver…

Outre l'astre solaire, Roberts avait une autre passion : les films noirs des années quarante et cinquante. Bandant. Tout en sirotant son scotch, il tenta de dégoter un bout de dialogue qui pourrait lui remonter le moral. Tout ce qu'il trouva fut une réplique de Dick Powell dans *Le crime vient à la fin* :

« *La matraque m'a cueilli juste derrière l'oreille. Un trou noir s'est ouvert devant moi. Je suis tombé dedans la tête la première. Il était sans fond.* »

Mouais…

Il avait filé un billet de dix livres au barman et il contempla sa monnaie. « Dites voir, ça fait pas le compte, ça…

— Quoi ? Ah ! Je me suis payé un verre dessus. Je supporte pas de voir un client picoler seul. »

Roberts laissa pisser. Les Londoniens… faut se les faire. Au bout d'un moment, le type s'accouda à son comptoir, et demanda : « Ça vous branche, les DVD ?

– Pardon ?

– Les *films*, mec. Les derniers grands succès, ceux que vous matez le soir, à domicile. Comme d'avoir tous les multiplexes du West End dans votre living.

– Des films piratés, vous voulez dire ?

– Ho ! doucement, mec, pas si fort, d'accord ? »

Avec un soupir, Roberts claqua sa carte de police sur le dessus du bar.

« Merde… »

Roberts rempocha sa carte : « Je croyais que dans votre branche on était capable de repérer les flics.

– D'habitude, ouais, mais là, il y a deux trucs qui m'ont foutu dedans.

– Ah bon ? Et c'est quoi, ces deux trucs ?

– Primo, z'êtes poli.

– Et… ?

– Et deuzio, z'avez payé votre conso. »

✝

Le Mutant devait son surnom au fait qu'il avait rectifié un mec au beau milieu d'*Alien* (le film), pendant la scène où Alien (le monstre) émerge de la poitrine de John Hurt. Il avait fait ça à la batte de base-ball — son arme de prédilection, parmi bien d'autres. Le type en question, Bob Harris, avait fait tomber les potes de Fenton. Ils tiraient une perpète incompressible sur Wight, qui n'a rien d'une île des mers du Sud. (Cela dit, ils avaient fait la traversée sur un ferry avec pont panoramique...) On avait proposé deux mille livres à Fenton pour rendre à Bob la monnaie de sa pièce. Il l'avait fait à l'œil. Sinon, à quoi ça sert, les potes ?

Bob était fana des films d'horreur et c'était un véritable aficionado de ce qu'avait fait Ridley Scott dans *Alien*. Il pouvait virer lyrique en diable sur les effets spéciaux hallucinants du film. Rien que des conneries, selon Fenton...

Fenton avait débarqué chez lui avec un pack de blonde et un peu d'herbe. Ils s'étaient fumé un joint, qui leur avait filé la fringale, et avaient attaqué les bières. Fenton avait lancé : « Yo ! man ! Tu l'as toujours, *Alien* ?

— Je veux ! C'est mortel. Ça te dit qu'on se le regarde, là ?

— Pourquoi pas ? Autant battre le fer pendant qu'il est chaud... »

Ben, oui...

Au moment où ils étaient bien dans le film, Fenton annonça qu'il allait leur chercher des bières fraîches dans le frigo. Bob était sur le canapé, les yeux scotchés sur l'écran, en train de hurler devant la « vision » d'Allen Dean Foster. Fenton ouvrit la fermeture Éclair de son sac de sport Adidas et en sortit sa Louisville Slugger[1]. La poignée était entortillée de scotch noir, roulé serré comme la cruauté. Il fit un petit swing d'essai pour bien se la mettre en main et elle fendit l'air avec le *whoosh !* familier, né d'une longue habitude.

Tout l'équipage du *Nostromo* était dans le carré, en train de manger, et John Hurt commençait à donner des signes d'indigestion fatale.

Bob se mit à gueuler : « Yo ! Fen ! Tu vas rater le meilleur ! »

Fen approcha, prit appui sur son pied droit, pivota et balança la batte de toutes ses forces en disant : « T'inquiète, mon pote, je vais rien rater du tout ! »

Et vlan ! En plein dans le mille.

Sur l'écran, l'équipage poussa des cris d'horreur et de dégoût devant le carnage. Fenton laissa la vidéo tourner jusqu'au bout. Faire les choses à moitié, c'était pas son genre.

✞

1. Depuis 1884, le *nec plus ultra* de la batte de base-ball, *made in* Louisville, Kentucky.

Fenton avait rencard avec Bill au Greyhound, pas loin du métro Oval. Il y a toujours foule dans ce pub mais, même quand il est plein comme un œuf, Bill a sa place réservée au bout du bar. Tous les sièges voisins sont inoccupés. Pas libres. Vides — comme un Coke de chez McDo.

Récemment, un Irlandais bourré s'était mis en tête d'annexer un tabouret, juste à côté de Bill. Il lança : « Salut, ça va ? »

Sans tourner la tête, Bill lui fit : « Va parquer ton cul ailleurs, mon pote.

— "Mon pote" ? Putain, je te connais même pas ! Cela dit, si tu veux me payer un coup, j'ai rien contre… »

Un des gorilles de Bill fendit la foule et — pif ! paf ! — colla un aller-retour au Paddy. Puis le gros bras le souleva de son tabouret et le propulsa, via la petite porte latérale, droit dans l'impasse. Là, l'audacieux se retrouva rapido avec un bras cassé et une cloison nasale définitivement déviée à droite. Après, assis au pied du mur, il demanda : « Ben, quoi… Qu'èche j'ai dit ? »

Bill et Fenton étaient potes depuis des lustres. Des tas de références criminelles en commun. Tous deux passés maîtres ès leurs spécialités respectives. Bill fit : « Qu'esse tu bois ?

— Rhum-Coca.

— Bacardi ou… ? »

Fen sourit. « Old Navy. Toujours fidèle à la flotte, comme toi ! »

Une vieille blague entre eux. Et pas très bonne en plus. Bill se buvait une eau minérale — de la Ballygowan gazeuse.

Les consos arrivèrent et Fen dit : « Je sais pas, Bill… ça doit être que je vieillis, mais payer pour boire de la flotte, j'arrive vraiment pas à m'y faire. »

Bill avala une gorgée de Ballygowan et haussa un sourcil. « Qu'esse qui t'fait croire que j'la paie ?

— Touché ! »

Ils restèrent un long moment assis, en silence. On entendait presque les bulles pétiller gaiement, comme des heures heureuses, des contes de fées.

Puis, Bill : « On l'a retrouvée.

— Génial.

— Ça va pas te plaire…

— Tu m'étonnes !

— Elle est aux States, comme tu pensais… San Francisco… maquée avec un prof — un certain Davis.

— Un prof… Wow ! »

Bill dit : « Laisse béton, Fen », et se prit un regard, style « occupe-toi de tes fesses ».

« 'Scuse-moi… Va te falloir de la thune.

— Un paquet. »

Bill farfouilla dans sa poche intérieure, en tira une grosse enveloppe kraft : « Y a un flic, un dénommé Brant, dont faudrait s'occuper.

— Quand ça ?

— Le plus tôt sera le mieux.

— Jusqu'à quel point ?

— Pas fatal, mais pédagogique.

— Pas de problème. »

Fen descendit de son tabouret et Bill fit : « Ho ! ton rhum… T'y as pas touché.

— Je peux pas piffer cette saloperie. »

Et il mit les bouts.

✝

Brant avait réquisitionné Falls pour aller interroger un type soupçonné d'être un pyromane. Aucune preuve n'avait pu être trouvée, mais les collègues de Croydon étaient certains que c'était leur homme. Là, il venait à peine de s'installer à Kennington et, comme par hasard, un entrepôt était déjà parti en fumée sur Walworth Road. Le gars — une petite trentaine, des yeux de serpent — vint leur ouvrir, pieds nus, en chemise Denim et jean délavé assorti, coupé aux genoux.

Brant lui jeta : « 'Scuse le mauvais jeu de mots, mais on est les bleus ! »

Le type sourit pour montrer qu'il avait le sens de l'humour et demanda : « Z'avez un mandat ?

— Pourquoi ? T'as quèque chose à te reprocher ? »

Sourire général. Le type, qui trouvait ça marrant, dit : « Bah ! après tout… entrez ! »

Son appart était un vrai boxon. Le type dit : « C'est un peu le boxon, mais je viens juste d'emménager, là, et… »

Brant dit : « T'étais à Croydon, avant ça.

— On peut rien vous cacher !

— On a de grandes oreilles. »

Le gars se laissa choir de tout son long sur un canapé et eut un vague geste de la main. « Posez-vous où vous voulez. »

Brant, tout sourire, vint se poser juste à côté de la tête du type. Le gars se redressa, et décida de la jouer macho. Il pointa le menton vers Falls. « Z'étiez vraiment forcé d'amener cette pétasse ? »

Il se prit une calotte sur le côté de la tête.

Brant dit : « Je vais t'expliquer comment ça fonctionne, mec : tu l'insultes, je te baffe… O.K. ? »

Trop soufflé pour répliquer, le gars se tourna vers Falls, ce qui l'empêcha de voir arriver une deuxième calotte magistrale, qui le cueillit sur l'occiput. Le coup l'expédia s'écraser la figure par terre.

« J'avais même rien dit, là ! » geignit-il.

Brant s'accroupit à côté de lui : « J'avais pas fini de t'expliquer tout le règlement. Tu vois, si t'as rien que l'*air* de vouloir la traiter, j'te rentre dans le lard. T'as pigé, cette fois ? »

Le gars hocha la tête.

Falls avait depuis longtemps désespéré des méthodes de Brant. Mais elle lui devait toujours les trois mille livres qu'elle lui avait empruntées pour enterrer son père et elle était obligée de ronger son frein en silence.

Au moment de partir, Brant lança au gars : « Ils te soupçonnent d'être un pyromane. En ce qui me concerne, j'ai pas d'opinion, mais au prochain incendie qui éclate dans le secteur, je veillerai personnellement à ce que tu crames dedans… »

Une fois sur le trottoir, Falls lui lança, exaspérée : « J'ai besoin de prendre du large.

— Ah ouais ? T'as un truc sympa en vue ?

— Très très loin d'ici, genre l'Amérique, disons…

— Et t'as besoin de fric, c'est ça ? Combien ? »

Elle était trop furax pour lui répondre.

✝

Brant mit sa clef dans la serrure en se chantonnant un tube des Mavericks. Il se sentait le moralomètre à zéro et avait hâte de s'envoyer une bière bien fraîche — plutôt plusieurs, même... — et ensuite, peut-être, de se regarder un peu de *Beavis et Butt Head en Amérique*.

Dès qu'il passa la porte, son alarme interne se mit à clignoter au rouge.

Trop tard.

La batte de base-ball le cueillit à la base du crâne et deux idées phosphorèrent dans son cerveau tandis que la moquette se ruait à sa rencontre.

a) Oh ! vérole ! ça va pas recommencer !

b) Elle est vraiment râpée, c'te moquette...

Quand il revint à lui, un paquet de douleurs se mirent à jouer des coudes pour monopoliser son attention — son crâne... la corde qui l'étranglait... ses lombaires en feu...

Le Mutant lui dit : « Ch'rais toi, j'éviterais de m'agiter. Parce que ce que j'ai fait, tu vois, c'est que je t'ai passé une corde autour du cou, et qu'à l'autre bout elle est attachée à tes chevilles. Tire d'un côté ou de l'autre et tu t'étrangles gentiment. Mais t'inquiète : tu vas piger le truc en un rien de temps. »

Brant esquissa un geste et, à la seconde, le nœud coulant se resserra autour de sa gorge : « Urgh... uuh...

— Eg-zactement ! fit Fenton. J'crois que t'as pigé... »

Brant avait son falzar et son slip kangourou descendus au niveau des chevilles et il sentit le bout d'une batte de base-ball lui tapoter doucement les fesses. Pendant un moment horrible, il redouta une version américaine inédite de la sodomie.

Mais Fen enchaîna : « Paraît que t'aimes pas te faire enculer. Eh ben, il est grand temps de corriger ça. Pendant quelques semaines, quand t'essaieras de t'asseoir, rappelle-toi bien : "Je dois pas fourrer mon nez dans les affaires des autres." »

Un sifflement strident retentit dans la cuisine et Fen lança : « J'ai mis la bouilloire sur le feu. Pratiques, ces petites sifflettes, tu trouves pas ? Grâce à elles, fini l'eau qui déborde. Désolé, mais faut que j'aille éteindre le gaz. Je reviens dans une minute ! »

Brant sentit une sueur froide l'inonder. Des flots de transpiration lui ruisselaient sur la poitrine. La panique hurlait dans sa tête.

Puis, de nouveau, Fen : « Bon, ben, O.K., alors… Si t'y es, j'y suis ! Je verse… »

Une douleur aiguë comme un fer chauffé à blanc fit disjoncter le cerveau de Brant.

✝

Fiona Roberts était coincée dans un embouteillage — une masse compacte de bagnoles pare-chocs contre pare-chocs jusqu'à Elephant and Castle. Son mari avait un stock inépuisable de belles formules, de nature sécuritaire pour la plupart. Parmi celles-ci figurait en bonne place : « Dans un bouchon, garde toujours tes vitres relevées. »

Ouais, c'est ça…

Une déferlante de rap s'échappait plein pot de la voiture arrêtée à côté de la sienne. Fiona tourna la tête. Un garçon coiffé de dreadlocks causait avec force gesticulations dans son portable. Entendre quoi que ce soit avec cette musique tenait du prodige. Il accrocha son regard et lui décocha un grand sourire aurifié. Ne sachant trop comment réagir, Fiona détourna les yeux. Inutile de l'encourager. Un visage de femme se matérialisa au niveau de son coude, et une voix à l'accent irlandais immanquable geignit : « Une 'tite pièèèce, pour une tasse de thééé, siouplaît, m'dame… J'dirai une prière pour vous. »

Fiona ignorait tout de l'art de se comporter avec les S.D.F. Elle avait beau être mariée à un flic, elle en avait tiré que dalle, à part un profond sentiment de malaise.

Comme là. Elle marmonna : « J'ai pas de monnaie. »

Le crachat de la femme s'écrasa sur sa joue.

Elle resta le souffle coupé. Tandis que la salive lui dégoulinait lentement sur la pommette, une symphonie de klaxons s'éleva, émaillée de « ho ! connasse ! T'avances, oui ou merde ? » et de « bouge ton cul, chérie ! ».

Elle le fit. Comme disent les États-Uniens : « Vers qui se tourner ? »

Son mari allait se gargariser : « Qu'est-ce que je t'avais dit ? Combien de fois je t'ai répété de toujours garder ton carreau fermé, hein ? Combien de fois ? »

La Ford Anglia 205 E berline est un classique. À la voir, vous croiriez presque que les années cinquante et soixante n'ont pas été complètement nulles. Vous regardez votre reflet dans les rétroviseurs d'aile chromés et vous pouvez presque vous imaginer avec une superbe banane luisante de Brylcreem et des rouflaquettes bien brossées. Les roues sont à filer des pollutions nocturnes à tout collectionneur qui se respecte — des pneus en caoutchouc naturel et des roues fil à boulons chromés. Notez les mots « roues fil ». La différence entre la classe et la médiocrité… Demandez son avis à un concessionnaire Honda en lui susurrant « British Leyland ». Ajoutez « Harley Davidson » et vous avez un Jap prêt à se faire hara-kiri. L'Anglia de Roberts s'appelait « Betsy ». Dans les années cinquante, il était plus facile de trouver un nom pour sa bagnole que pour un gosse. Financièrement, Roberts était pieds et poings liés. Une hypothèque à Dulwich, une fille en pension… Et là, il avait carrément le couteau sous la gorge. Maintenant qu'on lui avait diagnostiqué son cancer de la peau, il avait tout jeté — la prudence, les soucis, et son budget — aux orties.

La voiture était un vrai gouffre. Elle grevait moins son budget qu'elle ne proclamait « KRACH IMMINENT ! ».

Il ne regrettait rien. Pas une seconde. Il aimait — il adorait — son Anglia. Il la garait dans un box fermé, à Victoria. Le proprio du garage était un pote de Brant, ravi de faire plaisir à la police. Enfin, moyennement… Il y avait un petit souci. Londres. La fin des années quatre-vingt-dix. Les amateurs de rodéos sauvages. Pas la joie.

La patience n'est pas la vertu dominante des sauvageons. Ils avaient forcé la serrure du box sans problème, mais n'avaient pas réussi à faire démarrer l'Anglia. Alors, faute de mieux, ils l'avaient fait cramer sur place. L'incendie s'était propagé à trois autres boxes.

Quand Roberts arriva sur les lieux, le sinistre avait été circonscrit, mais trop tard pour sauver quoi que ce soit des flammes. Le capitaine des pompiers demanda : « C'est votre voiture qui est là-dedans ?

— *C'était…*

— Vous avez une bonne assurance ? »

Roberts lui décocha un regard éloquent. « Je suis flic… Alors, à votre avis ?

— Oh-oh !

— Ouais… »

Ils contemplèrent l'incendie un moment, puis le pompier fit : « On a du thé chaud… Une petite tasse, ça vous dit ?

— Je ne crois pas que le thé suffise à faire passer la pilule.

— Oui, vous avez sans doute raison. Moi, je prends le réconfort où je le trouve…

— Wow ! Hautement philosophique ! Peut-être que je devrais me réjouir de ce que ma bagnole procure de la chaleur aux voisins…

— Eh bien, vous voyez ! Le moral revient déjà… »

Avant que Roberts ait pu trouver quoi répondre à cette perle, son bipeur se mit à sonner et le capitaine lui dit : « La nuit va être longue, je présume.

— C'est ma vie qui a été foutrement longue, si vous voulez que je vous dise… »

Mais ça, le capitaine l'avait déjà compris.

Avec un soupir, Roberts s'éloigna en passant en revue ses films noirs préférés. Toujours des années quarante et cinquante. Ce qui émergea fut une scène entre Barbara Stanwyck et Keith Andes dans *Le Démon s'éveille la nuit* :

« *Qu'est-ce que tu veux, Joe ? Que je te raconte ma vie ? La voilà en quatre mots : "GRANDES IDÉES, PETITS RÉSULTATS".* »

Ouais… Ça ne pouvait pas être mieux résumé.

✝

Brant s'était évanoui d'horreur. Comme il commençait à revenir à lui, il se recroquevilla sur lui-même et se prépara à affronter d'atroces douleurs.

Je me suis *recroquevillé* ?

Il rassembla ses idées — *je rêve ou quoi ?* — et, sans difficulté, roula sur le flanc. Pas la moindre douleur. Pas la moindre corde.

Plein d'appréhension, il se passa la main sur les fesses. Humides et froides.

De l'eau glacée.

Il s'était fait piéger comme un bleu par le plus vieux truc de *La Torture Psychologique Sans Peine*.

Tandis que la rage le disputait au soulagement, il se leva, les jambes flageolantes, tituba jusqu'à son buffet et en sortit la bouteille de Black Bushmills douze ans d'âge qu'il gardait précieusement pour un événement quatre étoiles, genre le jour où il ferait tomber sa petite culotte à Fiona Roberts. D'une main fébrile, il dévissa la capsule, la balança par terre et porta le goulot à ses lèvres. Oh ! vérole ! Pour brûler, il brûlait du feu de Dieu, ce whiskey !

Il s'appuya au buffet et attendit que les quatre étoiles explosent. Elles le firent. Très vite. Il marmonna : « Jésus, Marie, Joseph ! »

Quelques gorgées plus tard, il se traîna jusqu'à son fauteuil et, d'une main qui ne tremblait pas, s'alluma une Weight. Il savait qui était son agresseur. Le soi-disant « Mutant », ce connard de légende. Il n'y avait qu'une personne au monde qui avait pu avoir assez de couilles pour le lâcher sur lui. Pour Fenton, ce n'était qu'un contrat ; mais pour son commanditaire, c'était un règlement de compte. Brant se mit à savourer la façon dont il allait les faire passer à la casserole tous les deux. Et sûrement pas à l'eau froide, vérole !

Leigh Richards était indic. En plus, c'était l'indic perso de Falls, à qui Brant l'avait refilé en lui disant : « L'outil le plus indispensable, dans la police, c'est un bon informateur. Une salope, prête à balancer ses ex-potes par vengeance, par dépit ou par appât du gain. Mais surtout pour le fric. La trouille, aussi, ça aide. Je te file cette petite ordure, parce que je ne peux vraiment plus le blairer. »

Il avait suffi à Falls de le voir une fois pour comprendre pourquoi. Dans les années 1960, Edward Woodward s'était fait un nom en incarnant Callan, le héros de la série télé éponyme[1]. Callan y faisait équipe avec Lonely, un mec que personne ne pouvait supporter tellement il schlinguait (d'où son surnom). Leigh était le Lonely de la fin du siècle. Il n'avait rien de particulier qui puisse le rendre à ce point imbita-

1. Série policière britannique de James Mitchell en quarante-trois épisodes, diffusée de 1967 à 1972.

ble. Tout en lui était ordinaire. Tellement ordinaire qu'il ressemblait à un portrait-robot. Tout le monde et personne à la fois. Si vraiment on a tous une aura, la sienne proclamait : « À éviter ».

Leigh dit à Falls : « C'est un vrai tournant, dans mon existence.

— Quoi ?

— De bosser avec une nana. »

Falls avait en permanence envie de le rembarrer. En temps normal, elle n'était pas plus agressive que n'importe quel usager lambda de la *Northern Line* mais, dès qu'elle était en présence de Leigh, elle avait des envies de meurtre. Elle lui dit, en détachant bien ses mots : « Écoute, tête de nœud, on ne bosse *pas* ensemble. On ne l'a jamais fait et on n'est pas près de le faire. Est-ce que je me fais bien comprendre ? »

Il avait les cheveux coupés en brosse. Une brosse *frenchy*. (Autrement dit, une brosse avec attitude.) Il ne vous regardait jamais en face et pourtant, jamais il n'arrêtait de vous surveiller. C'était exactement l'impression qu'avait Falls — d'être en permanence *surveillée*.

Il se marra et leva les mains en signe de reddition : « Holà, ma p'tite dame ! J'voulais pas vous offenser ! J'ai rien contre les Blacks. N'importe qui vous le dira : Leigh Richards est pas raciste. Allez-y, vous pouvez demander à qui vous voulez… vous verrez ! Bien faire et laisser vivre, telle est ma devise. »

Si Falls avait demandé conseil à Roberts, il lui aurait dit : « Il ne faut jamais faire confiance à un indic. » Il en avait fait l'amère expérience. Non seulement ça mais, en prime, il aurait pu lui réciter ces répliques de *L'Introuvable*[1] :

« *Je n'aime pas les arnaqueurs. Si je les aimais, je n'aimerais pas les arnaqueurs qui sont aussi indics. Et si j'aimais les arnaqueurs qui sont aussi indics, je ne vous aimerais quand même pas.* »

Roberts aurait aimé pouvoir sortir ces répliques même sans raison, juste pour le plaisir. En plus, il aurait adoré être le mari de Nora Charles. Mais, comme Falls ne lui avait pas demandé conseil, les répliques restèrent sur celluloïd — sans personne pour les écouter ou pour en profiter.

Au lieu de ça, Falls compta jusqu'à dix et balança une beigne à Leigh Richards, en plein sur la bouche. La susceptibilité de l'intéressé, pour ne rien dire de ses lèvres, en fut blessée.

Il fit : « Vous m'avez blessé, là… » et se dit qu'il était grand temps de mettre Falls au pas.

1. *The Thin Man*, de W. S. Van Dyke (1934), premier d'une série de six films dans lesquels Mirna Loy et William Powell incarnaient Nora et Nick Charles, un couple de détectives amateurs qui affrontaient « L'Introuvable ».

De lui donner un petit échantillon de son savoir-faire, qu'elle sache à qui elle avait affaire. Il lui dit : « J'sais des trucs sur vous. J'sais que votre paternel a cassé sa pipe y a pas longtemps, et, en plus, que vous aviez pas la queue d'un radis pour l'enterrer. » Voyant qu'il avait toute son attention, il enchaîna : « Mon vieux à moi aussi, il a clamsé. 'Voyez c'te ceinture ? »

Malgré elle, Falls regarda. On aurait dit un ceinturon de boy-scout, boucle en laiton comprise.

« Quand je m'suis pointé à la morgue, le type m'a dit : "C'est tout c'qui lui restait. J'la fous en l'air ? — Ho ! Mollo ! que j'y ai dit, *c'est mon héritage, ça !*" »

Falls resta de marbre, mais ça, Leigh pouvait le tolérer. Il lui avait cloué le bec, lui aussi, et sans même élever la voix ou lever la main.

Elle demanda : « Il y a une morale à cette histoire ?

— Comme a dit le grand homme : " Soyez toujours prêts !"

— Quel grand homme ?

— Baden-Powell, le fondateur du scoutisme. »

Falls ricana méchamment : « Les boy-scouts n'ont jamais été très populaires à Brixton.

— Ah…

— Mais laisse-moi te raconter une petite histoire à mon tour… »

Leigh n'aimait pas trop la lueur qu'elle avait dans l'œil. Il avait entendu dire que les Blacks devenaient bizarres quand ils faisaient allusion à Brixton. Merde ! — quand *n'importe qui* mentionnait Brixton… Il fit : « C'est pas la peine.

— Si, si, j'y tiens ! C'est un chat qui demande à un canard : “Tu sais ronronner, toi ? — Non, dit le vilain petit canard. — Alors, fais tes prières.” » Elle laissa Leigh digérer le message, puis ajouta : « T'es un indic ? Alors va faire l'indic.

— Faudrait songer à me payer.

— Après.

— C'est des tuyaux de première.

— M. Brant aimerait bien mettre la main sur deux Irlandais. Un homme et une femme.

— Alors ?

— Il pense qu'ils pourraient l'aider, à propos du… euh… petit accident qui lui est arrivé récemment. Tu sais où ils pourraient être ?

— Je sais où ils sont partis.

— Ah ?

— Y en a un des deux qui portait un chouette falzar — un Farah — quand il a pris l'avion. Un avion pour les States. »

Malgré elle, Falls laissa échapper un « mince ! ».

Leigh, tout excité par ce succès, devint carrément bavard : « D'après mes sources, un certain jeune flic portait exactement l'même falzar, le soir de sa mort… »

Falls le chopa par les poignets puis, à la Brant, colla son nez sous le sien et demanda : « Leurs noms ?

— Josie… et Mick… J'en sais pas plus. »

Elle serra un poil plus fort.

« Belton… O.K. ! Mick Belton — ça fait mal, merde ! »

Elle le lâcha, puis plongea la main dans son sac et commença à réunir quelques billets qui y traînaient. Il souffla, inquiet : « Pas comme ça, bordel ! Dans le creux de la main ! »

Elle fit ce qu'il demandait et Leigh profita de l'échange pour lui chatouiller la paume en disant : « Je nous sens superbien, tous les deux…

— Ah ouais ? » Elle avait presque l'air chaleureux.

Enhardi, il risqua : « Vous me trouverez plus que satisfaisant côté… hum… » Et là-dessus, il lui décocha une œillade entendue.

Elle chuchota : « Sors-moi encore une fois un truc dans ce genre, et tu retrouveras ton "hum" dans une rue de Brixton, au milieu des capotes usagées et des papiers gras. »

Sur ce, elle se leva et le planta là. Il attendit qu'elle soit hors de portée d'oreille et lâcha : « Va donc, hé ! sale gouine ! »

✝

Le Mutant était assis dans le coin réservé à Bill, au Greyhound. Il sirotait une eau minérale dont il savourait lentement les bulles. Bill arriva, escorté de deux gros bras. Ils se séparèrent et allèrent se poster chacun à une extrémité du comptoir. « Impressionnant... » fit Fenton.

Bill se retourna et les regarda. « Ah ouais ? Tu trouves ?

— Ma parole ! On sent qu'on a pas intérêt à s'y frotter. »

Bill s'assit et fit un signe de tête au barman. Un bol de soupe et deux crackers apparurent devant lui. Les crackers étaient emballés dans ce genre d'étui de cellophane impossible à déchirer. Bill tendit le menton vers lui et fit : « Tu me l'ouvres ?

— Pourquoi que tu demandes pas à tes Monsieur Muscle de nous montrer de quoi ils sont capables ? »

Bill sourit. « T'essaierais pas de te foutre de ma gueule, là, hein, Fen ?

— Tu déconnes ou quoi ? »

Bill resta un moment silencieux, puis : « T'as fait ce que je t'ai demandé ?

— Ouaip.

— T'en as pas fait trop, dis ?

— Non. Juste de quoi lui foutre les jetons — il est toujours entier, mais... refroidi. Il te cassera plus les couilles.

— J'aimerais pas que ça me retombe sur le paletot, Fen.

— C'est fait, je te dis ! T'as pas de raison de t'inquiéter. Il est maté — il vaudra plus un clou jusqu'à ce qu'il ait l'âge de toucher sa petite retraite de merde. Il serre les miches. »

Bill lui passa un épais paquet. « Tiens ! Un petit bonus pour t'aider à faire tes premiers pas aux States… Tu vas pas tarder à te tirer.

— Eh ouais ! J'me tire… ailleurs ! »

Ils se fendirent tous les deux d'un petit rire professionnel, même s'ils ne trouvaient pas ça, ni l'un ni l'autre, particulièrement marrant ou même très adapté.

Voilà comment le coup de fil tomba.

« Allô ? C'est bien la police ? »

Le sergent de permanence, crevé par la nuit blanche qu'il venait de passer, répondit : « Affirmatif. Qu'est-ce que je peux faire pour vous ? » Pas qu'il en mourait d'envie.

« Je vais aller prendre mon petit déj', là.

— C'est passionnant...

— Quand j'aurai fini, je ferai la vaisselle et après, j'irai buter mon paternel.

— Pour quelle raison ?

— Il m'a sodomisé jusqu'à ce que j'aie douze ans. Et là, j'ai l'impression qu'il s'apprête à remettre ça avec mon petit frère... »

Le sergent fut distrait par l'arrivée d'un poivrot agité que deux jeunes flics tentaient de maîtriser. Il beuglait à pleins poumons *The Sash My Father Wore* [1]. Pas de quoi s'étonner, à

1. *L'Écharpe de mon père*, chant nationaliste qui accompagne les défilés des membres de l'ordre d'Orange (sorte de franc-maçonnerie protestante), en Irlande du Nord.

moins de remarquer que le récalcitrant était du plus beau noir. Peut-être de quoi accréditer la réputation de noirceur que les catholiques irlandais font aux protestants ? Ou pas…

Quand le sergent reprit le téléphone, il n'y avait apparemment plus personne en ligne. Par acquit de conscience, il répéta deux ou trois fois : « Allô ? Allô ?… »

Et là, sans erreur possible, il entendit deux détonations. Et il n'eut pas besoin de réfléchir pour penser :

« Fusil à pompe — calibre 12 — cartouches double zéro »,

et il murmura : « Nom de Dieu ! »

✞

Un S.D.F. en T-shirt douteux déclama : « Jésus aime les Noirs et les Blancs mais il préfère le bordeaux », et posa sa main sur le bras de Fiona Roberts. Elle décolla d'un pied au-dessus du trottoir, en se disant *in petto* : « Ça y est ! Dulwich est envahi… »

Le type lui lança : « Cool, ma poule ! » Même les clodos se mettaient à rapper, maintenant !

Elle battit en retraite. Faisant fi de toute dignité. De toute distinction. Elle se carapata.

Une fois chez elle, elle se dit tout haut : « C'est décidé ! Je ne mettrai plus les pieds dehors — comme ça, ça sera réglé... » Et elle subit un second choc en découvrant sa fille à côté d'elle. « Je t'en prie, Sarah, ne me fais plus ça ! — tomber sur les gens comme ça, sans prévenir...

— N'importe quoi ! »

Fiona se dit : « Une bonne tasse de thé, voilà ce qu'il me faut pour me requinquer », et elle alla s'en faire une. En passant, elle jeta un œil dans la pièce où la télé braillait : Regis et Kathy Lee[1] étaient en train de débattre de soins de manucure pour chiens.

« Sarah... *Sarah !* Pourquoi est-ce que cette télé hurle comme ça ? Pourquoi est-ce que tu as en permanence besoin de tout ce boucan autour de toi ? »

L'adolescente leva les yeux au ciel et soupira : « Tu peux pas comprendre.

— Comment ça ? Qu'est-ce que je ne peux pas comprendre ? Dis-le-moi ! »

Sarah se mâchonna la lèvre du bas : « Tu peux pas. Parce que t'es *vieille*, m'man... »

Fiona renonça à sa tasse de thé et fonça dans sa chambre pour s'envoyer un Valium — et même une pleine poignée de ces géniaux petits

1. Regis Philbin et Kathy Lee Gifford, les animateurs du talk-show américain *Live with Regis and Kathy Lee.*

tranquillisants pour mère stressée. Pour *vieille* mère stressée…

✞

Quand Charlie Kray, le frère des jumeaux assassins[1], tenta de fourguer un stock de cocaïne, trois de ses clients se révélèrent être des flics en civil. Un superbe coup de filet. À plus de soixante-dix balais, Charlie fut jugé coupable, malgré les efforts louables de son avocat pour le présenter comme un cas pitoyable. Et qui est-ce que Charlie appela à l'aide ? Bill. Comme ça :

« Bill ?

— Ouais.

— C'est Charlie.

— Salut, mon pote. Désolé de ce qui t'arrive.

— Ils m'ont piégé, Bill.

— Je sais. Pour un coup monté, c'était un coup monté.

— Tu m'connais, Bill. La dope, c'est pas mon truc.

— On serait pas en train de causer, sinon.

— Merci, Bill. Reggie a toujours dit que t'étais génial.

1. Les jumeaux anglais Ronald et Reginald Kray, membres d'un gang de l'East End de Londres, furent condamnés à perpétuité pour meurtre en mars 1969. Tous deux moururent en prison, le premier en 1995, l'autre en 2000.

— Qu'esse qui me vaut l'honneur, Charlie ?

— Tu pourrais pas faire quèque chose pour moi, mon pote ? Ils m'ont collé perpète. À mon âge…

— J'aimerais bien, Charlie, mais c'est pas possible. Tu vas devoir tirer ta peine, mais je te promets de glisser un mot pour toi, pour que tu la fasses dans de bonnes conditions. »

Un silence. Le temps d'avaler l'échec, puis de se résigner.

« Ouais, d'accord, Bill… Tu pourras t'occuper un peu d'ma bourgeoise ?

— Sûr, c'était pas la peine de l'demander.

— Tu passeras m'voir, d'temps en temps, dis ? Ça m'fera un peu d'distraction.

— Compte sur moi. Dès que je pourrai. »

Mais pas une fois il ne l'avait fait. Bill n'était pas un fana des parloirs et, dans ce cas précis, il n'envoya même pas l'aide promise.

La page était tournée.

✝

Le jour où Roberts avait demandé la main de Fiona, ses futurs beaux-parents avaient fait des tas d'objections. Roberts avait rapporté la chose à son père. Ce dernier, en homme laconique, se contenta de dire : « Ils ont raison.

— Quoi ? Tu trouves que je ne suis pas assez bien pour elle ?

— C'est pas à toi que je pensais. T'as compris de travers, comme d'habitude. »

Tout content, Roberts dit : « Ils ont de l'argent.

— Ah ! Ben, peut-être que t'as de la classe, toi… Cela dit, un jour, on aura peut-être de l'argent, nous aussi, mais eux, en revanche… »

Roberts se dit qu'il allait passer voir Brant. Peut-être même qu'il lui parlerait de Fiona. Mais probablement pas. La porte de l'appart de Brant était grande ouverte et Roberts se dit : « Oh-oh ! »

Brant regardait la télé, vautré sur son canapé. Sur l'écran, deux bananes descendaient un escalier en chantant.

« Qu'est-ce que vous regardez là ? demanda Roberts.

— C'est *Bananas in Pyjamas*[1]. J'adore ce petit air. Ça vous trotte dans la tête… »

Il se tourna vers Roberts, qui fit : « La porte était ouverte… Je…

— Eh ben, où est le problème ? Tout le monde entre ici comme dans un moulin…

1. Dessin animé produit par la télévision australienne (ABC) depuis 1992, destiné aux moins de cinq ans. Ses héros, B1 et B2, sont deux bananes en pyjama rayé bleu et blanc.

— Vous avez eu de la visite ?

— Ouais. Un connard qui avait un message pour moi. Si ça continue, il aura bientôt son talk-show à la télé. »

Roberts approcha. « Ça va ? Y a pas de bobo ?

— Du bobo… Mphffmm ! Il a voulu m'ébouillanter les roustons et je ne parle pas de façon métaphorique, là.

— Vingt dieux !

— Ouais.

— Je peux faire quelque chose ? »

Brant contempla son mug. « Je buvais un thé.

— Vous en voulez une autre tasse ?

— Avec deux sucres, patron. Je me sers de ces sachets triangulaires. Et vous savez quoi ? Ils ont vraiment meilleur goût. Comme le thé que votre vieille maman vous faisait. »

Roberts passa dans la cuisine. Le bordel le sidéra. À croire que des squatters avaient voulu montrer de quoi ils étaient capables. Brant lui gueula : « Surtout, chauffez bien les tasses, hein !

— Ouais, d'accord. »

Une fois le thé prêt, Roberts s'assit. « Et maintenant, si vous me disiez ce qui se passe…

— Bill Preston.

— Vous vous foutez de moi, là ? Vous n'avez pas été coller votre nez dans son bizness, j'espère… Ordres d'en haut : pas touche !

— On lui laisse faire ce qu'il veut, c'est ça ?

— Ils essaient de monter une affaire. Ça prend du temps.

— Mon cul !

— Allons, Tom, l'approche piano-piano va nous permettre de le faire tomber, à la fin.

— Et en attendant, on reste posés sur notre cul et on s'astique le jonc ?

— Merde ! Vous êtes allé l'asticoter ?

— Un peu.

— Et vous avez reçu de la visite… Qui est-ce qu'il vous a envoyé ?

— Fenton. Le dernier des putains de Mohicans.

— Le Mutant ?… Vous devriez vous estimer flatté — ça veut dire que vous avez toute leur attention.

— Ouais, c'est exactement comme ça que je me sens. Flatté… »

Roberts vida sa tasse de thé et se tâta pour en reprendre une autre. Le hic, c'est qu'on le regrette à chaque fois.

Brant lui demanda : « Vous en voulez une autre ?

— C'est pas de refus. »

Ils s'offrirent une petite resucée. Et, comme prévu, le thé avait ce goût inimitable que British Rail a su élever au niveau de l'art. Cet arrière-goût âcre de métal qu'on a dans la bouche, quand on est à saturation.

Roberts dit : « Vous allez me faire le plaisir de lâcher cette affaire.

— Mmm… pffhh !

— Allons, Tom, laissez tomber. »

Brant parut envisager la chose sérieusement. Ils savaient tous les deux que c'était du vent mais, comme Roberts était le plus gradé, il fallait au moins qu'il fasse les simagrées d'usage.

Au bout d'un moment, Brant dit : « J'ai regardé un documentaire sur les flics de New York, sur BBC2.

— Ah ouais ? C'était bien ?

— Quand un dealer se fait descendre, vous savez ce que les enquêteurs disent ? "Désintoxiqué à vie." »

Malgré lui, Roberts sourit. Il se leva et demanda : « On peut espérer vous revoir bientôt parmi nous, Tom ?

— Absolument. Dès que l'émission de Regis et Kathy Lee s'arrêtera.

— Sérieux ? Vous aimez ce qu'ils font ?

— Non, c'est juste que j'arrive pas à décider lequel des deux est le plus con. »

Noir de chez noir

Quand Falls était entrée dans la police, elle s'était concocté un accent presque parfaitement neutre. Lorsque la situation l'exigeait, elle était capable de tchatcher à l'aise en langage de la rue ou de jacter le patois de Brixton… *et* de moduler ses voyelles pour faire plus sud-est de Londres que nature.

Très vite, elle était tombée amoureuse d'un collègue de la Crim'. Il lui disait qu'il adorait sa peau noire et avait l'air de n'avoir aucun problème à se montrer en sa compagnie. Personne ne se permettait le moindre commentaire, parce qu'il avait la tête du flic. Celle qui dit : « Déconne pas avec moi ou tu le regretteras. » Tel que.

Finalement vint le jour où Falls décida de sonder ses sentiments à son égard. Elle demanda : « Dis-moi, Jeff, qu'est-ce que tu éprouves pour moi ? »

Risqué, risqué…

Réponse : « Tu me plais vachement, ma biche (*sic !*). Et si je me laissais passer la corde au cou, ce serait par toi. »

Ouais… *Sayonara*, connard !

✝

Après le départ de Roberts, Brant resta devant sa télé, à ruminer des projets de carnage et de vengeance.

C'était l'heure des dessins animés. Un *Denis la Terreur*. Un épisode où ladite Terreur campait dans un bois. Un gorille échappé rôdait dans le secteur. « Qui est-ce qui va prévenir le gorille ? » s'inquiéta le père de Denis.

Brant sourit. S'il avait cru aux présages, il aurait appelé ça une métaphore qui tombait pile poil.

Suivit un *Barney*. Brant se dit tout haut : « J'arrive pas à croire que je suis en train de regarder un dinosaure violet à pois verts en train de *chanter*. Et, pire, de *faire des claquettes* ! »

Puis, comme si une ampoule s'allumait au-dessus de sa tête, façon « idée » en signalétique B.D., Brant s'écria : « Minute ! » Et il sut comment il allait faire.

Depuis quelques années, il commençait à revendiquer ses origines irlandaises. Il s'était mis à amasser une collection hétéroclite de trucs « typically Irish », dans laquelle figuraient en bonne place des *leprechauns*[1] du dernier kitsch, des *shillellaghs*[2] noueux à souhait, un *bodhran*[3] qui sonnait creux et… — ouais, il l'avait toujours ! — un *hurley*[4].

Le hurling est *le* sport national irlandais. Un croisement entre le hockey sur gazon et le meurtre prémédité. Il exhuma sa crosse de sous un magma de T-shirts constellés de *shamrocks* [5]. Les *hurleys* sont taillés dans du frêne et, bien tenus à deux mains, ont toutes les qualités d'une batte de base-ball. Il exécuta un swing d'essai et adora le *woosh !* qu'il fit en fendant l'air.

Il se mit à beugler : « *Cul agus culini* pour *Gaillimh*[6] ! »

Et ajouta, en post-scriptum : « Bravo, *boyo* ! »

1. Proche parent, au physique, du nain de jardin, le *leprechaun* est l'équivalent irlandais du korrigan breton.

2. Muni d'un pommeau renflé, le *shillelagh* peut se faire bâton, canne ou gourdin en fonction des circonstances.

3. Grand tambourin couvert de peau de chèvre qui est, avec les cuillers, l'instrument de percussion traditionnel des groupes de musique irlandaise.

4. Crosse de frêne, rappelant celle des hockeyeurs, dont se servent les joueurs de *hurling* pour ramasser, porter ou frapper la balle.

5. Le trèfle irlandais, emblème officieux de l'Irlande (l'officiel est la harpe) depuis que saint Patrick s'en serait servi au ve siècle pour expliquer le mystère de la Trinité à ses ouailles.

6. « Des buts et des points [pour] Galway ! », en gaélique. Sur un terrain de hurling, les buts allient poteaux de rugby et cage de football. Une équipe marque un « point » quand la balle passe au-dessus de la barre transversale et un « but » (qui vaut trois « points ») quand elle passe dessous.

Le Mutant s'exporte

Le Mutant jeta un dernier regard circulaire dans sa piaule et ne vit rien qui risquait de lui manquer particulièrement. Quand on fait de la taule, c'est presque impossible de se fixer quelque part. Vous ne vous êtes pas plus tôt aménagé un coin confortable que les matons débarquent pour vous changer de cellule ou foutent le souk dans vos affaires et pissent dessus.

Il faut vivre à la spartiate et être mobile. C'est la seule solution.

Dans un sac de voyage, il avait fourré deux 501 noirs — des Levi's complètement délavés qu'il avait dégotés à Kensington Market, à l'époque où il y avait encore quelques commerçants qui parlaient anglais dans le secteur. Quatre calecifs Ben Sherman (fauchés) et deux T-shirts blancs. Une paire de mocassins Bally presque neufs, dénichés dans la boutique Oxfam[1], à Camden Lock. Ils lui allaient comme un gant. À peine enfilés, ils vous murmuraient : « C'est pas le pied, ça ? » Ça l'était.

Pour le voyage, il avait un chino kaki infroissable et un blazer. Mettez un T-shirt blanc avec ça, et vous êtes l'Homme selon Gap.

Décontract'.

Élégant.

Classe.

Il se regarda et se dit : « T'as l'air d'un vrai enfoiré !... Parfait ! »

À l'aéroport, il s'acheta un Walkman et une cassette des Traveling Wilburys. Ça lui rappelait un bonheur à côté duquel il était passé. À la boutique duty free, il y avait une promotion sur le Malibu. Rhum de la Caraïbe et lait de coco.

Why not ?

En plus, la bouteille avait un look sympa. La vendeuse lui demanda : « Carte d'embarquement ?

— Pas de problème.

— Espèces ou carte de crédit ? »

Il sourit — la nana n'était visiblement pas du sud-est de Londres — et produisit une poignée

1. Abréviation de *Oxford Committee for Famine Relief*, association caritative anglaise d'aide au Tiers Monde, qui finance ses opérations en revendant des vêtements ou objets usagés qu'elle récupère.

de billets neufs, encore craquants. « Ils sont à peine secs.

— Je vous demande pardon ?

— Accordé… Ho ! Je blaguais, quoi… »

Elle sortit de sous son comptoir un T-shirt aux couleurs gueulardes. « C'est offert par la maison pour tous les achats supérieurs à dix livres.

— Je vais te dire, ma poule… Mets-le-toi. Ça t'aidera peut-être à te décoincer et à t'ôter le parapluie que t'as dans le cul. »

Son vol était retardé. Avec un « putain de merde ! », Fenton s'assit sur une banquette et dévissa la capsule du Malibu.

Il était sur le point d'en goûter un échantillon quand une voix fit : « J'espère sincèrement que vous n'avez pas l'intention de boire ça…

— De quoi ? »

Il se retourna et découvrit un yuppie, la trentaine, jogging Adidas flambant neuf, coupe brushing à cinquante tickets et des yeux qui ne valaient pas cher. Le gars lui dit : « On n'a pas le droit d'ouvrir les articles achetés en duty free avant le décollage. »

Fenton revissa la capsule et demanda : « Si je buvais ce truc — suppose que je t'écoute pas et que je m'en enfile une lampée —, qu'esse tu ferais, exactement ? »

Le gars se mit les lèvres en cul de poule. (Fenton s'était toujours dit que c'était juste une expression toute faite, mais non… ça décrivait à la perfection ce que le gars faisait.) Puis il se fendit d'un petit sourire coincé : « Je me sentirais, hélas ! dans l'obligation de le signaler à une personne responsable.

— Ah !

— Si tout le monde se permettait d'enfreindre le règlement, où irions-nous ? »

Vu que Fenton ne pensait pas que la question nécessitait de réponse, il resta muet. Au bout d'un moment, le gars s'éloigna et Fenton le suivit des yeux. Tôt ou tard, ce connard aurait besoin de pisser, non ?

Exact.

« *Tu sais, la loi n'est pas faite pour les gens comme nous.*

— *Qu'est-ce qui l'est ?*

— *Ça, c'est une chose que j'essaie en vain de comprendre depuis des années.* »

(Lola Lane à Bette Davis, dans *Femmes marquées*.)

✞

Pendant que Roberts se dirigeait vers le Greyhound, un fou de Dieu lui colla un tract dans la main. Il y jeta un œil et lut :

« Le Dieu que nous adorons grave Son Nom sur notre visage. »

« Peut-être bien qu'il y a du vrai, là-dedans », se dit-il. Tout le monde s'accordait pour trouver que Brant avait quelque chose de satanique dans la physionomie…

Il faisait sombre dans le pub, et ses yeux mirent quelques secondes à s'accoutumer. Le barman lui demanda : « Qu'est-ce que ce sera, m'sieur ?

– Hein ?

– Comme conso… Je vous sers quelque chose ou pas ?

– Bill est là ?

– C'est de la part de qui ? »

Roberts se pencha au-dessus du comptoir, se demandant s'il avait bien entendu, puis décida d'y aller franco. « Dites-lui que c'est la rousse. »

Il n'en aurait pas juré, mais il lui sembla entendre un petit ricanement mauvais. Bill était à sa place habituelle et s'il ne contrôlait pas tout ce qu'il voyait, il était en tout cas le centre de l'attention générale. Un bouquin ouvert était posé devant lui. Roberts jeta un coup d'œil au titre. Un John Harvey, de la série des Charlie Resnick – *Les Étrangers dans la maison*.

« Mon flic préféré… » fit Bill.

Roberts se douta bien qu'il ne parlait pas de lui. « Ça te fait rien que je m'asseye à côté de toi ?

— Non. Ça me fait rien. Vous prenez quèque chose ?

— Un sandwich toasté, ce serait pas de refus. Je n'ai pas déjeuné ce matin.

— Z'en font de fameux, ici — fromage, tomate… la totale.

— Parfait… »

Cela dit, ils restèrent assis en silence un petit moment. Leurs relations remontaient à loin. Presque à l'époque où il y avait encore une loi dans le milieu. Où les truands réglaient leurs affaires en interne et où les flics s'occupaient d'autre chose. Plus un simulacre de respect qu'une réelle estime.

Le sandwich arriva et Roberts l'attaqua illico. Comme il finissait d'en engloutir la première moitié, Bill jeta : « Putain ! Ça se voit que vous l'avez sauté, votre p'tit déj' !

— Ouais. Un gars a descendu son père… Il a appelé le commissariat pour nous prévenir et il l'a buté quasiment en direct au téléphone.

— Drôle de planète, non ? »

Roberts écarta son assiette. « Comment va Chelsea ? »

Bill avait une fille trisomique. Elle avait sept ans et c'était la prunelle de ses yeux. L'unique défaut de sa cuirasse. « Elle est en pleine forme. C'est devenu une sacrée pipelette. »

Fin des mondanités. Il était temps de passer aux choses sérieuses.

Roberts tenta d'injecter de la fermeté dans sa voix — pas trop, juste la bonne dose. « Mon sergent a reçu de la visite.

— Ah !

— Je parle du sergent Brant.

— Un grand impulsif…

— Il va vouloir retrouver son visiteur.

— Ah !

— Pour sauver la face. Il ne peut pas laisser un type faire la loi dans son secteur.

— Ça risque pas.

— Pourquoi ça ?

— Le type en question est parti en voyage. En Amérique.

— C'est bien soudain…

— Une envie irrésistible de revoir sa nana.

— Je n'aimerais pas avoir à répéter cette conversation… *Bill.* » Ça sonnait comme une menace — et c'en était une.

Bill laissa tomber d'une voix tendue : « J'vois pas bien pourquoi vous vous en faites autant pour ledit sergent, j'avoue.

— On a fait un sacré bout de route ensemble. »

Bill réfléchit et fonça pour la curée. « Z'êtes un vrai homme de cœur, monsieur Roberts.

— Comment ça ?

— Ben… si un de mes gars se farcissait ma gonzesse, j'aurais quand même pas mal la haine, il me semble. »

Roberts, soufflé, faillit perdre son calme, mais se ressaisit. « C'est vraiment bas, Bill. Je me serais attendu à un peu plus de maturité de ta part… »

Bill resta muet. Roberts se leva, posa quelques billets sur le comptoir et mit le cap sur la porte.

Au moment où il l'ouvrait, il entendit : « Hé ! la rousse ! La maturité, c'est son rayon, à Brant ! Pouvez demander à vos collègues — les nanas, il les préfère quasiment blettes. »

✝

Falls écoutait la radio. Le *Golden Oldies Show*, à fond les décibels.

Jennifer Rush. *The Power of Love*.

Un vrai truc pour midinettes.

Elle chantait à tue-tête, intercalant en experte les indispensables « Oh ! », « Han ! » et autres « Aaaah… » torrides entre les paroles. De quoi accréditer le cliché que les Noirs ont le rythme dans la peau…

À contrecœur, elle éteignit la radio. Être chaude à neuf heures du matin, c'était gaspiller inutilement de la chaleur. Elle passa un T-shirt kaki, très lâche et blousant, puis enfila son pantalon en velours côtelé blanc, assoupli par d'innombrables lavages. Un rêve, à porter. Comme une seconde peau amovible.

En poireautant chez son dentiste, elle avait feuilleté un numéro d'*Ebony* et lu que le velours côtelé revenait en force.

Où est-ce qu'ils étaient allés pêcher ça ?

Elle s'était dit : « Je peux quand même pas ressortir mon vieux fute. Un lavage de plus et il se désintègre. »

En vérifiant la date du magazine, elle avait vu qu'il datait de février 1988.

Bah...

Dans ce pantalon, Falls se sentait vachement sexy. Non seulement ça, mais « tendance ». Pas follement ou au point de porter ses lunettes de soleil piquées dans les cheveux, mais « dans le coup ». Elle enfila ses Keds noires. Elles lui faisaient de tout petits pieds. Pour un peu, elle aurait dormi avec. Elle n'excluait d'ailleurs pas la chose.

Elle ouvrit sa porte, bourrée d'un optimisme à tout crin.

C'est toujours un mauvais début.

Un skin était en train de taguer son mur. Il avait écrit :

NAZZI VAINCRA.

Il avait à peine quinze ans, des tatouages ratés, les Doc Martens de rigueur et un pantalon de treillis noir. La bombe s'immobilisa et elle lut dans les yeux du gamin : « 22 ! » Mais même un skin en herbe ne pouvait pas se permettre d'être vu en train de s'enfuir devant une meuf, surtout une Black. Il tripota nerveusement sa bombe aérosol et bomba le torse.

« C'est qui, Nazzi ? demanda Falls.

— Quoi ? Savez pas ça ?

— Non.

— C'est la Gestapo, tout ça, quoi…

— Ah ! *Nazi !*

— Ben, ouais.

— En ce cas, t'as fait une faute.

— Qu'esse vous racontez ?

— Ça ne prend qu'un *z*. »

Il examina son œuvre, pas bien sûr de ce qu'elle voulait dire. Mais bon, dans le doute, mieux vaut attaquer. La règle n° 1 du combattant urbain. « Et alors, qu'esse ça fout ? Y savent pas lire, les renois… »

Falls fit la dernière chose à laquelle il s'attendait. Elle éclata de rire. Le môme ne savait plus quel parti prendre :

la démolir

ou

se casser.

Mais la démolir, tout seul, sans la bande... D'un autre côté, il pouvait encore se casser. S'il ne traînait pas.

Histoire d'aggraver son indécision, elle lui sourit et dit : « C'est sympa de bavarder avec toi, mais faut que j'y aille, là...

– Z'allez me dénoncer ?

– Naan.

– Ça vous fait même rien, alors, que j'aie bombé votre mur ?

– Si, ça me fait quelque chose, mais pas grand-chose. »

Au moment où elle s'éloignait, il lui cria : « Z'auriez pas une 'tite pièce pour une tasse de thé, des fois ? »

Et là, elle le scia pour de bon en lui filant une livre. Avant d'avoir eu le temps de réfléchir, il s'écria : « La vache ! Merci beaucoup, m'dame ! »

Elle lui dit : « Pourquoi ne pas faire une croix sur le thé et t'offrir un dictionnaire à la place ? »

Une partie de lui crevait d'envie de lui gueuler : « J'sais écrire "connasse", hein ! »

Mais il ne parvint pas à s'y décider. Comme il la regardait s'éloigner, il eut sa première réaction adulte.

« Wow ! Elle est chaude... »

Ticket to ride

Comme l'avion atteignait son altitude de croisière, Fenton détacha sa ceinture de sécurité et allongea les jambes.

À Heathrow, un vol à destination de New York était toujours cloué au sol car un des passagers ne s'était pas présenté à la porte d'embarquement. On finirait par le retrouver. Dans un box des toilettes Messieurs, les deux moitiés de son billet déchiré lui faisant une rosette dans le cul.

L'occupant du siège d'à côté tendit la main à Fenton en disant : « Salut ! Je m'appelle Skip.

– Pas possible ! » fit Fenton, pensant *in petto* : « Voyons voir… Près de neuf heures à passer à côté de ce taré ? Putain ! »

Imperturbable, le type enchaîna : « Je bosse pour une grosse boîte de softwares, dans l'Illinois. Comment vous faites, vous, les Anglais, pour supporter un climat aussi humide ? »

Fenton se redressa sur son siège, fixa le gars dans le blanc des yeux et fit : « Ta gueule, Skippy !!! »

Barney, un dinosaure sorti de notre imagination

Bill pensait à son paternel. Il l'avait vu pour la dernière fois dans un pub de Stockwell. Le vieux était du genre mendigot professionnel. Assis au comptoir, la casquette posée sur le tabouret d'à côté, il sirotait un baby.

À cette époque, Bill était au top, bourré aux as grâce aux braquages de quelques bureaux de poste. « Alors, papa, qu'est-ce que je t'offre ?

— Moi, je bois au compteur, fiston. »

« L'ardoise », Bill connaissait. On ne grandit pas à Peckham sans le savoir, et rapido, encore, mais le compteur ? « Tu bois à quoi ? demanda-t-il.

— J'ai de quoi me payer trois verres — en faisant durer chacun une heure, je tiendrai bien jusqu'au déjeuner.

— Oh ! putain, tiens, prends ça », fit Bill, en posant un biffeton sur le comptoir. Le vieux n'y jeta même pas un coup d'œil : « File-le à ta mère, dit-il.

— Peut aller se faire foutre, celle-là. »

Son père se retourna, et le foudroya du regard en levant la main. Pas le poing serré, mais prêt à frapper, manifestement. « T'insultes pas ta mère. Elle en a bavé.

— Elle s'est tirée, non ? »

Soupir du père. « Casse-toi, fiston. Tu m'empêches de chronométrer. »

O.K., d'accord.

À l'enterrement du vieux, debout près de la tombe, Bill avait balancé une montre-bracelet sur le sapin. « Vas-y, tu peux chronométrer, maintenant… »

C'est à tout ça qu'il cogitait pendant que sa fille jouait sur l'Embankment. Ils venaient là tous les jeudis. Lui s'asseyait sur le banc et elle restait à regarder passer les beaux bateaux. Rien ne lui faisait plus plaisir.

Quand il lui avait demandé pourquoi, elle avait répondu : « Pasque les bateaux, ça rend les gens heureux. »

Imparable.

Étant trisomique, elle avait un chromosome en trop. Ou plutôt non, disait-il depuis : c'est les normaux qui en ont un en moins.

Enfin, qu'importe. Elle lui était si chère que ça lui faisait mal. « J'espère que j'aurai jamais de fille », avait-il répété, sachant que ça le rendrait vulnérable. Ce que, justement, il ne pouvait pas se permettre. Et puis, voilà, elle était arrivée, elle était son talon d'Achille. Mais le mal en valait la chandelle. Car elle était la lumière de sa vie. Et chaque jour, elle l'illuminait davantage. Si le fait d'avoir un enfant vous change, avoir un enfant trisomique ça vous chamboule de fond en comble.

Perdu dans ses pensées, il avait quitté sa fille des yeux. Brusquement revenu sur terre, il se tourna vers elle.

Plus de Chelsea.

Le cœur battant, il se leva brusquement. « Hé ! trouduc, c'est par ici ! » entendit-il.

Il fit volte-face. Brant tenait la fillette dans ses bras, dangereusement près du haut de la balustrade.

D'une main, il tenait une peluche tout avachie. « Regarde, je lui ai donné un Barney. On dirait que ça lui plaît. » Bill s'avança d'un pas. Brant l'avertit : « Si j'étais toi, je ferais pas ça, jeunot. T'as quand même pas envie de faire peur à un dinosaure — tu sais, c'est des bêtes aux réactions imprévisibles. »

Bill s'efforça de garder son calme. Brant était un fouteur de merde complètement givré qui avait bâti sa réputation là-dessus. Il jeta un coup d'œil circulaire, pas un seul de ses anges gardiens n'était visible. « Qu'esse tu veux, Brant ? demanda-t-il.

— Fenton.

— S'est tiré à San Francisco.

— Pour prendre des vacances ?

— Pour pister son ex. »

Brant balança la gamine au-dessus de la balustrade, serrant le dinosaure contre son cœur. « Tu vois, Bill ? Tu vois comme c'est fastoche de choper ton point faible ? Alors, tu t'approches plus de moi et tout baigne.

— Pigé.

— Je me demande, Bill… Je me demande si t'as bien saisi. Ce serait peut-être plus clair avec une petite démo. » Et il ouvrit la main… Le dinosaure violet dégringola, sa petite tête rebondit sur le barreau du bas et il roula sur le quai avant de glisser dans la Tamise.

Où il coula comme une pierre.

« Putain ! » souffla Bill.

Brant reposa la fillette et montra l'eau d'un signe de tête : « Déficit d'audimat. »

En pleurs, la gamine courut vers son père et l'enlaça : « Papa ! Barney, il est parti.

— Ça va aller, ma puce, ça va aller. »

Brant fit quelques pas et s'éloigna sans hâte, avec pondération. « T'as vu, Bill ? Les dinosaures, c'est périmé ! »

Entonnons la douzième lamentation

Falls lisait à voix haute :

« *Et puis son évocation de tout ce que le mystère distille.* »

Elle n'avait pas la moindre idée de ce que ça pouvait bien vouloir dire, mais aucune importance, elle adorait. Elle était à la cantine avec sa copine Rosie : « T'y comprends quelque chose, toi ? lui fit-elle.

— Rien du tout.

— Moi non plus.

— Mais ça a un petit air… j'sais pas… sexy, quoi. »

Falls baissa les yeux : « J'ai toujours eu envie d'avoir des loloches qui gigotent, tu sais, quand tu cours, ça ballotte dans tous les sens. »

Rosie, qui ne manquait pas d'appas, secoua la tête.

« Mais non, crois-moi.

— Mais si, les hommes préfèrent les grosses loloches.

— Les hommes sont des cochons. »

Elles partirent d'un grand rire. Falls reprit son sérieux : « Rosie, je m'inquiète.

— De quoi ? Que les hommes soient des cochons ?

— Mais non ! Ça fait trois fois de suite que je dégueule le matin. »

Rosie poussa un cri strident : « Seigneur ! T'es quand même pas... »

Falls s'empressa de la faire taire : « Putain, Rosie, baisse-la un peu !

— C'est pas à moi qu'il faut dire ça, mignonne. »

Ce coup-ci, ce fut carrément le fou rire. Tous les flics présents les fusillèrent du regard. S'il y avait matière à rire, c'était une affaire d'hommes ! Non mais, de quoi !

Rosie baissa la voix. « Il faudrait que tu tires ça au clair.

— Mais, punaise ! Je peux pas, moi.

— Mais si ! T'as qu'à aller chez Boots t'acheter un test de grossesse. »

Mais le sergent de permanence passa la tête par la porte, interrompant toute nouvelle supputation : « On a niqué un futur violeur ! » cria-t-il. Acclamations de l'auditoire. Puis : « Holà ! Ça va bien comme ça ! J'ai besoin de deux collègues femmes, et qu'ça saute ! »

En sortant, Falls glissa : « Remarque, y a un avantage : si le test est positif, à moi les belles loloches ! »

Rosie rigola : « Y a pas que ça qui va gigoter ! »

✝

La fusillade avait eu lieu derrière Camberwell Green. Un type avait agressé une femme dans sa cuisine. Elle avait réussi à s'échapper et à lui tirer dessus.

L'appartement était bourré de flics. On conduisit Falls à la femme en question. Elle était assise sur une chaise de cuisine, livide, encore choquée. Des gémissements parvenaient du living. Falls ferma la porte.

« C'est lui ? demanda la femme.

— Je crois bien que oui.

— Mais… j'croyais que j'l'avais tué. »

Falls lui tapota l'épaule. « Une petite tasse de thé ? proposa-t-elle.

— Oh, non ! Le thé, j'en ai marre !

— Vous voulez bien me raconter ce qui s'est passé ?

— Ben, oui. Voilà : j'étais en train de faire ma vaisselle quand, tout d'un coup, j'sens qu'on m'attrape par-derrière… seulement moi, j'ai fait de l'autodéfense, alors j'lui ai filé un coup dans les tibias et j'l'ai mordu au bras.

— Bravo ! »

La femme s'anima, emportée par sa propre histoire. « Du coup, y m'a lâchée, j'lui ai flanqué un coup de casserole — là », fit-elle, en montrant son menton. « Et puis, j'ai entendu un craquement. Y s'est mis à beugler, alors moi, j'ai foncé dans le living, j'ai pris le fusil à mon père et puis… ben… j'ai tiré plusieurs fois. Mais j'crois bien que j'l'ai raté… »

Une fois l'intervention terminée, la femme toucha la main de Falls : « Et qu'est-ce qu'ils vont me faire, maintenant ?

— Oh ! je pense que vous allez vous en tirer mais, pour moi, c'est une décoration que vous méritez. »

Le type avait été atteint à la cuisse. Une fois qu'il fut couché sur le brancard, Falls réussit à s'en approcher.

« La salope ! Elle a voulu me tuer… M'en fous, je porterai plainte… »

Falls se pencha et demanda d'une voix douce : « Vous souffrez ? »

Il répondit avec un sourire macho : « Non, non, c'est supportable. »

D'une main, Falls lui allongea un bon coup sur sa blessure : « Et maintenant, ça va mieux ? »

Les mensonges sont l'huile
de la machinerie sociale.

(Marcel Proust)

Quand Brant apprit comment Falls avait traité le violeur, il se dit *in petto*, enchanté : « Tu vois, ma belle, le métier rentre ! »

Il venait de voir le commissaire divisionnaire qui lui avait accordé une permission. Entre ses congés maladie et ses vacances, il lui restait une masse de jours à prendre.

Le commissaire, qui avait hâte de le voir débarrasser le plancher, lui avait suggéré : « Il serait peut-être temps de s'arrêter ? »

Avec un sourire de pro — subtil mélange de servilité, malice et ruse animale —, Brant avait rétorqué : « Oh ! mais vous nous manqueriez tellement, commissaire… »

Sur le chemin de la cantine, il rencontra Roberts : « J'vous offre un thé, patron ?

— À vos frais ?

— Ben, bien sûr !

— Ce sera une première, alors ! »

Brant acheta deux Club Milk et deux cafés sucrés : « Colle ça sur l'ardoise du commissaire, fit-il au serveur.

— Mais… il en a pas.

— Ben, justement, on l'inaugure. »

Roberts n'arrivait pas à s'ôter de la tête ce que Bill lui avait dit à propos de Brant et de sa femme. « J'ai été voir Bill, dit-il.

— Ah bon !

— Il a essayé de me faire avaler une couleuvre.

— Comment ça ?

— Il m'a dit qu'vous aviez sauté mon épouse. »

Le cœur battant à tout rompre, Brant rétorqua sans se démonter : « Bordel ! Et vous croyez que j'aurais été assez con pour faire ça ? Enfin, j'veux dire… je pensais qu'on était copains, quand même ! »

Ils goûtèrent tous deux ce mensonge, le gardèrent un peu en bouche et décidèrent que ça irait. Rien de glorieux, ni même de satisfaisant, mais enfin, presque suffisant… Oui, finalement, ça irait.

Brant mangeait son Club Milk. Il grignota d'abord le chocolat sur les bords, puis, d'un coup, se mit à croquer le biscuit, bruyamment. Avec horreur, Roberts l'imagina grignotant sa femme.

Brant, lui montrant le second biscuit du doigt : « Vous le mangez, patron ? »

Il aurait voulu dire non. Mais l'idée que Brant le croque était plus qu'il n'en pouvait supporter. « Tout à l'heure », dit-il, en le glissant dans sa poche. Plusieurs jours plus tard, après sa première séance de radiothérapie, il le retrouverait écrasé dans son mouchoir, comme une tumeur accrochée à son trousseau de clefs.

« J'ai vu *Missouri Breaks*, hier soir, dit Brant.

— Ah bon !

— J'l'adore ce mec, Harry Dean Stanton. Dans le film, il fait partie d'une bande de hors-la-loi complètement ravagés — leur chef, c'est Jack Nicholson — et il raconte une superhistoire. » Brant s'arrêta, mais Roberts ne réagit pas. Un tantinet revêche, Brant demanda : « Vous voulez l'entendre, cette histoire, ou quoi ?

— Euh… oui, bien sûr.

— Bon, alors, il raconte que quand il était petit, il avait un chien qu'il adorait. Un jour, son père rentre à la maison et trouve le chien qui bavait, haletant. “Il a la rage”, qu'il dit, et il l'abat d'un coup de fusil. Un autre jour, un gars fait à Harry Dean : “On dirait que vous n'aimez pas beaucoup les gens”, et Harry lui répond : “Ben, non, pas depuis qu'on a dit que mon chien avait la rage.” »

Roberts ne savait trop comment réagir et lâcha sans grande conviction : « Va falloir que je voie ça. »

Brant s'agita et lui demanda : « Z'avez pas pigé ?

– Bien sûr que si ! » Mais il mentait. Et, pire, tous les deux le savaient. Il y a des moments comme ça où une amitié peut basculer : soit elle se renforce, soit elle meurt.

Ce moment-là était perdu, irrémédiablement.

Au bout du compte, il faut qu'ils vous attrapent. Sinon, l'absurdité n'aurait jamais de fin

(Derek Raymond)

« Yo, l'teubé !!! »

C'est ainsi que Fenton fut accueilli aux States. Arrivé à l'aéroport de San Francisco, il avait passé la police des frontières les doigts dans le nez. Son passeport ? Une bonne dose de civilité, enrobée d'accent britannique. L'officier d'immigration lui avait même souhaité : « Passez une bonne journée, monsieur. »

Et c'est ce qu'il passait — enfin, presque.

Jusqu'à ce que...

Pendant qu'il attendait ses bagages, un Black lui avait crié le message cité quelques lignes plus haut. Fenton s'était retourné : il était fagoté comme un Mister T du pauvre. Couvert de gourmettes et de médaillons en or... du superclinquant.

« C't'à moi qu'tu causes, mon gars ? demanda Fenton.

— Qu'esse tu crois ? Ouais, c'est à toi, 'culé de ta race. »

À l'Oval, Fenton lui aurait filé un drop, histoire de s'entraîner. Mais il sourit, et récolta un : « Qu'esse qui t'fait marrer, mec ? Tu t'foutrais pas d'la gueule du p'tit frère, par hasard ? »

Fenton attrapa sa valise et se retourna : « Trouve-moi un taxi — enfin, un *cab*, je veux dire, O.K. ? »

Le gars s'arrêta net. Pendant qu'il imprimait, Fenton lui passa devant : « Et avant mardi, O.K. ? »

De l'autre côté des States, le duo Sparadrap trouvait que, finalement, la Grosse Pomme n'était plus trop à son goût.

Toujours en Farah, le type dit à la fille : « C'est un vrai trou, ici.

— C'est toi qu'as eu l'idée !

— Que dalle !

— Si, c'tait toi ! »

Une fois l'engueulade passée, elle suggéra : « Allez, on s'tape un connard et on s'casse en Californie. »

La proposition lui plut, il dit : « Alors ça, ça me plaît. Ouais ! On va s'exploser un Ricain.

— Ouais, et puis on lui souhaitera : "Bonne journée à vous !" »

À l'approche de la mort,
peut-être n'aurai-je
plus autant besoin
de comprendre
quelque chose
à ce monde qui m'est
tellement étranger

(Robin Cook)

Roberts était en avance d'une heure pour sa séance de radiothérapie. Plus trois d'attente. Enfin, son tour arriva. « Ça fait mal ? demanda-t-il.

— Quoi ?

— Ben, les rayons… vous savez bien, pendant la séance… »

Le technicien, l'air complètement à côté de la plaque, avait du mal à se concentrer. Roberts mourait d'envie de le secouer en hurlant : « Mais concentrez-vous, putain de merde ! »

Si le gars en question n'avait pas de Walkman, c'était tout comme. Pire, même, il fredonnait… et quoi ? je vous le donne en mille : *Vienna*… Pas le plus facile, et carrément horripilant. « Imaginez que vous êtes sur un *sun bed* à vous rôtir avant de partir à la plage », dit-il.

Roberts apprécia peu la plaisanterie — de fort mauvais goût, vu son problème —, mais il ne dit mot. Contrarier le type aux commandes, c'était pas à faire.

La séance fut brève. « C'est tout ? demanda Roberts.

— Vouais ! Vous voilà bien rôti, maintenant. »

Roberts se sentit léger, joyeux, avec comme l'envie d'embrasser ce connard, qui, déjà, fredonnait une autre mélodie. On aurait dit *Lying Eyes* des Eagles, à moins que ce soit *Dancing Queen*, après tout…

« Je peux m'en aller, alors ? fit Roberts.

— Comme vous voulez. »

Roberts était flic depuis si longtemps qu'il n'était pas facile à surprendre. Pourtant, de temps à autre…

Il y avait deux poivrots, assis contre le mur de l'hôpital. Nu-pieds. Devant eux, une paire de groles noires. En assez bon état et à moitié cirées, ce qui leur donnait presque un air digne. Une pancarte écrite à la main proclamait :

À VENDRE
Première main.
Prix : £5, à débattre.
Contrôle technique : satisfaisant.

Ça réussit à le faire sourire. Un des poivrots le héla : « Tu chausses du 43, chef ? »

Roberts fouilla dans sa poche, en extirpa un Club Milk collé à son trousseau de clefs. Finalement, il sentit de la petite monnaie et la leur tendit.

« Dieu te bénisse, chef », dit l'un d'entre eux. Et d'un !

Un peu plus bas, une jeune femme lui flanqua un tronc sous le nez : « Achetez-moi un fanion.

— C'est pour quoi ?

— Le *Racquet Club* d'Hampstead.

— Ben voyons, tu parles d'une urgence ! Un club sportif de plus pour ce putain d'Hampstead ! » Il lui donna les restes du Club Milk. Et de deux !

À l'Oval, et de trois : il acheta *The Big Issue.* « Sympa, l'flic ! » fit le vendeur. Comment ça se fait qu'on me reconnaisse si facilement ? se demanda Roberts. Sans être bien certain de vouloir le savoir.

Castro

« L'endroit le plus gay de la terre » : c'est comme ça qu'on appelle le quartier du Castro, à San Francisco.

Fenton décida de s'y rendre, convaincu qu'il serait au cœur du militantisme. Comme Stella, son ex, vivait maintenant avec un prof, elle avait forcément des activités politiques. Et le Castro était un terrain propice pour faire s'épanouir son radicalisme, jusqu'ici latent.

Il demanda au cabbie de remonter Market Street et Castro Street. Il aurait pu se croire à Camden Lock par un samedi « rose », avec tous ces couples de même sexe qui se baladaient main dans la main. Le chauffeur tourna et remonta Church, la 22e Rue, puis Duboce.

« Ça vous botte d'aller crécher dans le coin, buddy ?

— Naaan, c'était juste pour l'coup d'œil. »

Le chauffeur lui en jeta un dans le rétroviseur et risqua : « C'est plutôt le soir qu'y faut venir ici, quand c'est chaud. » En laissant une question en suspens : « T'es gay, toi, ou quoi ? »

Mais Fenton le laissa sur sa faim. Il regardait dehors. Il était à moitié persuadé qu'il allait voir Stella dans la rue, tout simplement ! Après toutes ces années et toute cette haine, elle serait là. Erreur. Il se ressaisit : « Ça suffit comme ça. Conduisez-moi à l'El Drisco, ordonna-t-il.

– Répétez-moi ça. »

Fenton chercha dans son guide et hocha la tête : « 2901, Pacific Avenue.

– Ça va vous coûter un max, buddy.

– Et alors ? Z'êtes passé conseiller financier ? »

Le cabbie lui lança un nouveau coup d'œil et préféra laisser tomber : « C'est vous le boss.

– On me le dit. »

✞

Au Greyhound, les agents avaient organisé un pot pour fêter le départ de Brant. Tout se passait dans l'arrière-salle et la bibine coulait à flots. En apprenant la nouvelle, Bill avait renoncé à son repaire habituel : il pouvait attendre.

Parfois, c'était même ce qu'il faisait de mieux.

Brant était le premier sur sa liste noire, mais Bill voulait bien faire les choses. Pour le moment, il laissait mijoter.

Brant se trouvait en plein milieu d'une blague et d'une pinte : « Alors, le gars essaie de payer la pute avec une carte de crédit, volée en plus. Le maquereau lui arrache les tripes, le gars se met à gueuler : "Sois correct, mec, quand même ! "»

Falls arriva et fit : « Oh-oh ! Les garçons s'amusent ? »

Quelqu'un lui glissa un verre et une assiette de saucisses cocktail. Ce qui la fit sourire. Brant s'avança, l'air fanfaron : « Ça te rappelle quelque chose ? »

Elle repoussa l'assiette en pensant : « J'en ai jamais vu d'aussi grandes. » Mais elle lui dit : « Tenez ! J'ai un p'tit cadeau d'adieu pour vous.

— Ben, pourquoi ? Je vais revenir !

— Ça, je m'en doute... » fit-elle, en lui tendant une enveloppe. Brant la secoua et en fit tomber deux photos — des photomatons –, comme celles qui vous font ressembler à Myra Hindley[1], tous sexes confondus. Avec une feuille de papier agrafée.

1. Incarcérée depuis plus de trente ans pour le meurtre de plusieurs enfants dans les années soixante, Myra Hindley faisait partie du couple des « Moors Murderers ». La question de sa libération provoque des polémiques récurrentes en Angleterre.

« C'est quoi, ça ?

— C'est le duo Sparadrap... ceux qui vous ont filé un coup de couteau et qui ont peut-être tué Tone. Sont barrés en Amérique[1].

— Joli, Falls ! »

Le bipeur de Falls sonna et elle se dirigea vers le téléphone. Quand elle revint, Brant n'avait pas bougé. « Un incendie à East Lane, annonça-t-elle. C'est criminel. Vous croyez que c'est le type qu'on recherche ?

— Tu veux que je t'accompagne ?

— Non, non, sergent, c'est pas la peine. Profitez de la fête. »

Elle avait tort. Brant lui était indispensable. À ce moment-là, et plus tard. Surtout plus tard.

✝

Roberts arriva tard au pot d'adieu. Cramoisi, Brant l'accueillit par un « on a commencé sans vous... ».

« Sans blague ! » fit-il. On lui passa deux saucisses estropiées et une pinte de Guinness éventée. « Quel festin !

— Ah ! On vous a pas oublié, patron ! »

Roberts laissa les saucisses glisser par terre. « Alors, c'est le départ ? demanda-t-il.

1. Voir *R&B — Le Gros Coup*, Folio Policier n° 393.

— Ouais, et comme je fais escale à Shannon, je passerai une nuit à Galway. J'ai un cousin éloigné là-bas. Paddy Joyce qu'il s'appelle.

— Apparenté à James, je présume ? »

Brant eut un sourire totalement perplexe, médusé. « Ben, non, apparenté à moi, comme j'viens d'vous dire.

— Comme vous voulez... fit Roberts. Tenez, regardez-moi ça. »

Et lui aussi produisit un morceau de papier. « Ma parole ! dit Brant, je vais faire concurrence à Exacompta, moi !

— C'est le téléphone d'un flic américain qui a fait un stage chez nous, il y a quelques années. Pourrait vous être utile... »

Une fois le stade euphorique passé, Brant se sentit d'humeur maussade, avant de tomber carrément dans le sentimentalisme. « J'ai pas besoin d'un Ricain, moi, j'ai mon *hurley*.

— Vot' quoi ? »

Mais comme les flics entamaient la chansonnette, Brant se rapprocha d'eux. Roberts se sentit totalement épuisé, en proie à une soif inextinguible. Il se dirigea vers la sortie et entendit la voix de Brant qui beuglait par-dessus toutes les autres : « *If you ever go across the sea to Ireland...* »

✞

Falls avait posé sa candidature chez les flics au moment où la série policière *The Bill* faisait un tabac à la télé. Du coup, on refusait du monde, même de futures actrices espérant y tester les méthodes de l'Actor's Studio.

En attendant, Falls avait travaillé dans un grand magasin. On l'avait affectée au Point Échange, service clientèle. Formation idéale pour son futur travail de flic : c'est là qu'on accueillait la lie du genre humain, ceux qui sont vraiment revenus de tout. D'ailleurs, plus les clientes étaient respectables, plus leur mensonge était flagrant. Elles rapportaient des chemisiers au col souillé, le devant taché de rouge à lèvres, froissés comme des vieilles chiffes : « Jamais porté », assuraient-elles sans se démonter.

Elles exhibaient des factures datant de Mathusalem et venant d'autres magasins avec une candeur éblouissante. Après une semaine d'expérience, Falls était définitivement devenue cynique. Et, bien sûr, elle avait eu droit à une overdose de racisme ordinaire, du style : « J'exige de voir un responsable. Blanc, je vous prie. »

L'avantage, c'était que maintenant elle savait repérer une menteuse au premier coup d'œil. Le désavantage, en plus des bordées d'insultes et des propos agressifs et venimeux, c'était que pour rien au monde elle ne rapporterait quoi que ce soit dans un magasin. Quelque envie qu'elle en ait. Pour les filles qui travaillaient là, l'alternative était simple : ou elles étaient immunisées, ou elles se faisaient contractuelles — ce qui revenait au même…

Falls avait cru bon d'enfreindre cette règle, pourtant sacrée : ne jamais, en aucun cas, aller voir un suspect sans être accompagnée. Elle espérait boucler toute cette affaire en une seule soirée.

Erreur.

Pour aller voir le suspect pyromane, elle s'était gonflée à bloc.

Pour des prunes.

Une femme ouvrit la porte. À peine plus de vingt ans, pieds nus, en top et short Spice Girls.

« Ouais ? fit-elle

— Bonjour, je suis l'agent de police Falls et… »

D'un geste de la main, la femme lui signifia « vous fatiguez pas », et dit : « L'est pas là. Chais pas quand y revient. Aucune idée d'où y se trouve. » Tout ça sur l'air de « un et un, deux, deux et deux, quatre », avec un ton de lassitude infinie, style : va falloir que je vous le répète combien de fois ?

Elle avait les yeux bleu foncé et… défoncé. Si elle avait récemment débarqué sur la planète Terre, ça n'avait pas l'air de lui plaire des masses. Ensuite, son expression se transforma en :

Vous savez que je mens.

Je sais que vous savez que je mens.

Alors t'en fais quoi, d'tout ça, sale pute ?

À vrai dire, pas grand-chose, sinon : « Et vous-même, vous êtes qui ?…

— Oprah Winfrey ! Ça se voit pas ? »

Falls secoua la tête. « Retenez-moi, j'suis morte de rire. D'accord, Oprah, bon, eh bien, je repasserai. Le plus souvent possible, pour voir si ça fait monter l'audimat. »

La femme claqua la porte. Falls jugea qu'elle était tout sauf impressionnée.

Si Brant l'avait accompagnée, le résultat aurait été totalement différent, elle le savait. Pas dans les règles ? Peut-être. Satisfaisant ? Même pas. Mais radical ? Absolument. Mais, tiens ! À propos de résultats, c'était aussi ce matin qu'elle avait rendez-vous avec son généraliste. Pour savoir si elle était enceinte, en cloque, bref : si elle en avait un dans le tiroir. En lui passant par la tête, toutes ces expressions lui firent deux effets : joie et terreur. Simultanément.

Sentiments qui n'étaient pas inconnus du type qui se tenait de l'autre côté de la rue. Debout dans une encoignure de porte, il la regarda s'éloigner. D'habitude, c'était après avoir craqué son allumette qu'il se sentait comme ça.

Soudain fébrile, il se demanda comment elle brûlerait, cette Black-là.

Americana

Le Mutant se plaisait bien dans son hôtel. L'El Drisco, sur Pacific Avenue, est un vrai secret de Polichinelle. Il appartient à la même famille qui le gère depuis les années vingt. Eisenhower et Truman y sont descendus. Et c'est vrai qu'il a de vraies allures présidentielles : tapis de haute laine, banquettes en cuir vert, lustres en cristal… Eh oui, à ce point-là. Pour une somme modique, on peut même s'offrir une chambre avec vue sur les collines de San Francisco.

D'après la réceptionniste, les chambres d'hôtes auraient été beaucoup plus abordables. « Mais c'est juste pour une fois, alors autant faire ça bien, non ? » avait répliqué Fenton.

La réceptionniste avait approuvé ce raisonnement dont elle appréciait la logique implacable. À Londres, on aurait cru qu'elle se fichait carrément de votre gueule, mais ici ça se passait à l'américaine.

Dans sa chambre, Fenton s'allongea sur son lit et réfléchit : un jour ou deux pour retrouver

Stella et la liquider… ensuite je pourrais peut-être m'offrir un petit séjour Loisirs-Sports-Détente à Acapulco.

« Ouais, dit-il tout fort, ça me botterait, un petit séjour L.S.D. »

Fenton aimait bien San Francisco. Il commençait même à l'aimer beaucoup. Que ce soit une ville pour marcheurs ne le gênait pas, mais alors pas du tout ! À pied, en cab, puis en trolley, il avait fini par arriver à Fisherman's Wharf.

« Yo ! buddy ! Savez qu'un vrai San Franciscain, il a jamais bouffé au Wharf ? Hé, dites donc, vous m'entendez ? » lui avait dit le cabbie.

Le Mutant n'était pas encore familiarisé avec leur tchatche tac au tac, directe et agressive. « Bien sûr que je vous entends… J'suis pas sourdingue », répondit-il.

Le cabbie le regarda dans le rétro : « Anglais, non ?

— Perspicace ! »

Sans broncher, le cabbie enchaîna : « Moi, j'adore ça, votre accent, on dirait du *Masterpiece Theatre*[1]. Et ils jactent tous comme ça, en Angleterre ? »

1. *The World's Masterpiece Theatre* de Meisakui (1947-1974) : dessins animés japonais, qui avaient pour sujets les classiques de la littérature enfantine occidentale (*Heidi*, etc.).

Bordel de merde. « Ouais. Sauf les taxis. Eux, ils la bouclent.

– Les *cabbies*, vous voulez dire ? »

En arrivant au Wharf, Fenton paya et, comme de bien entendu, le cabbie lui lança : « Bonne journée à vous, buddy ! »

Comme tu veux.

Fenton se dirigea droit vers un bar. Il en avait ras le bol de cette convivialité *made in U.S.* Le barman l'accueillit avec effusion.

« Servez-moi une bière, O.K. ?

– Fabrication locale ou importation ?

– Bordel ! Mais c'est pas vrai ! »

Avec trois cadavres de Budweiser devant lui, Fenton n'était ni dans le cirage ni dans le coaltar. Mais quand même, il les sentait. L'euphorie montait... Il voulait s'en descendre trois de plus avant d'aller s'acheter sa batte de base-ball.

Tout à coup, une voix à l'accent anglais outrancier l'interrompit. « Dites-moi, mon cher, auriez-vous l'obligeance de me donner du feu ? »

Fenton se retourna. Sur le tabouret d'à côté, il y avait un type qui penchait du mauvais côté de la soixantaine. Les mains marbrées de taches brunes, short marron, chemise assortie. Et un regard que Fenton ne pouvait que trouver idiot, autrement dit : curieux, franc et gentil.

Il haussa les épaules. Finalement, les bières faisaient leur effet. « Je fume pas.

— Moi non plus, à vrai dire, mais quand je vous ai entendu commander à boire, il m'est venu l'idée de tester mes talents. Alors, dites-moi, est-ce que j'ai été bon ?

— Dans quel rôle ?

— Ah ! l'humour anglais, évidemment ! Figurez-vous que j'ai tous les Monty Python. Ça vous dirait de voir mon Ministère des Marches Stupides ?

— Non mais, vous rigolez ? Punaise !

— Vous auriez pu me voir dans *Seinfeld*[1]. Vous savez, le cabbie anglais, c'était moi... »

Tout à coup, Fenton se sentit vidé. L'effet des bières se dissipait et le spectacle s'éternisait. « Dis donc, toi qu'es acteur, vas-y, fais la pétoche.

— La pétoche ?

— Ben, ouais, comme si j'allais te fourrer cette bouteille dans le cul. »

Le type fixa Fenton droit dans les yeux et le sentit lui taper sur l'épaule : « Mais, dis-moi, c'est pas mal ! On dirait vraiment que tu chies dans ton froc... Franchement, tu m'impressionnes. »

Dehors, Fenton resta en arrêt devant les feux clignotants :

1. Série télévisée américaine (1990-1998) en 134 épisodes.

« AVANCEZ. »

« N'AVANCEZ PAS. »

Message limpide, sans chichis. Il aimait bien, ça lui rappelait la taule.

Un Noir en blouson treillis distribuait des brochures en criant : « Yo, lé keublas, téma comment qu'ils s'eng'aissent avec nos impôts ! »

Fenton prit la brochure : « C'est pas mes impôts, mec.

— Qu'esse tu dis, p'tit f'è'e ? »

Il faillit flanquer la brochure par terre quand le gars cria : « 'Ega'dez voi' comment qu'ils tuent les gens ! »

Fenton regarda :

Étude sur l'assassinat politique.

(Manuel de la C.I.A., en direction des agents et opérationnels.)

« Putain, mais j'y crois pas ! »

Il le feuilleta, ponctuant sa lecture de : « Waooh ! », « Génial ! », « Punaise ! » et autres « Merde, alors ! » et, tout à coup, d'un retentissant : « 'Culés de merde ! »

C'était le chapitre *Justification* :

Le recours à l'assassinat n'étant pas moralement justifiable, il est rare qu'il puisse être perpétré avec une bonne conscience. De ce fait, on s'abstiendra de s'adresser à des personnes trop scrupuleuses.

« Alors là, vous avez tout capté, les mecs », fit Fenton.

Plus loin : *Il est souhaitable que l'assassin ne soit que de passage sur les lieux de son acte.*

Et encore : *Techniques.*

Diverses méthodes peuvent être utilisées pour supprimer un être humain. « Tiens, sans blague ! » marmonna Fenton.

L'exécutant devra donc intégrer cet élément absolument fondamental : le décès doit être parfaitement incontestable.

Heureux concours de circonstances, ou hasard tout court, lorsque Fenton s'arrêta pour se repérer, il se trouvait pile devant un magasin d'articles de sport.

Où il entra.

La musique était si assourdissante qu'il vérifia que ce n'était pas une discothèque. Non, non, c'était bien une boutique de sport. Il interrogea un vendeur : « C'est quoi ce boucan ?

— Heavy D and the Boyz[1].

— Quoi ?

— *Waterbed Hev.*

— J'veux bien vous croire, mais pourquoi c'est si fort ?

— La majorité de nos clients sont des Afro-Américains.

1. Groupe R&B américain (1995).

— Des Noirs, vous voulez dire. »

Ignorant la remarque, le vendeur lui demanda s'il pouvait l'aider. « Oui, je voudrais une batte de base-ball à l'ancienne. Pas en métal, ni en plastique brillant, et pas du light. Je veux du basique. Vous auriez ça ? »

Quatre cents dollars plus tard, il l'avait.

Londres

C'était décidé, Roberts allait annoncer à sa femme qu'il avait un cancer de la peau. Au minimum, elle lui accorderait un gros câlin. Par compassion, d'accord, mais après tout, quand on aime, on ne compte pas ! Il récapitula tout ce qui n'allait pas :

compte en banque : dans le rouge

voiture : calcinée

perspectives professionnelles : douteuses…

Bon, valait mieux mettre tout ça en veilleuse. Inutile d'en rajouter. Il avait presque hâte de lâcher sa bombe-cancer : au moins, pendant quelques jours, il aurait la vedette.

Sur le T-shirt immaculé d'un vendeur du *Big Issue*, il déchiffra cette inscription :

70 % des prostituées ont reçu une éducation religieuse.

« Et les autres 30 % ? lui demanda Roberts.

– C'est les éducatrices », répondit le vendeur, avec un sourire.

Bien dit.

En arrivant chez lui, il s'empressa de vérifier si sa fille était là.

Que dalle.

« Merci, mon Dieu », murmura-t-il. Depuis peu, elle le traitait exactement comme s'il était transparent. Non, pire : comme s'il était à la fois transparent et horripilant.

« T'es là... » fit sa femme.

Il allait la féliciter sur ses capacités d'observation, mais se ravisa : comme entrée en matière, y avait plus érotique. « J'ai quelque chose à te dire, lui dit-il finalement.

— Mmmfffff ! fit-elle. En tout cas, moi, j'ai quelque chose à te dire.

— Et ça peut pas attendre ? répondit-il, agacé.

— Évidemment, si le fait que ta fille soit enceinte n'est pas une priorité, alors, bien sûr, ça peut attendre...

— Put'... Quoi ? Non, je veux dire, comment ?

— Écoute, mon chéri, je sais bien que ça fait un bout de temps, mais quand même, essaie de te rappeler comment ça arrive... » Et elle haussa les épaules. Incroyable ! Et pire encore, elle se leva et sortit.

« Tu peux toujours y aller, avec ton cancer... » se dit-il.

On se pose

Stella Davis, l'ex de Fenton, remplissait son lave-linge. Si elle avait su que c'était le dernier jour de sa vie, elle aurait peut-être fait sa lessive quand même. Mais sans ajouter d'adoucissant textile, probablement.

Son nouveau mari était prof, un gars solide, comme jamais elle n'en avait rencontré. Rien que son nom, Jack Davis, sentait bon la sécurité. Un type sans chichis, sans embrouilles. Le buddy idéal, celui sur qui on peut compter. Celui qui boirait un coup avec vous ou vous filerait du pèze si vous étiez dans la merde. Quand ils ont mis au point le buddy-building, c'est sûrement à des gens comme Jack qu'ils ont pensé.

Stella ne l'aimait pas, d'accord, mais elle avait de l'estime pour lui, comme on dit. En plus, il était sa Green Card, ce qui valait bien quelques manifestations d'amours, délices et orgues.

Son grand amour, c'était le Mutant. Elle-même était née dans une famille de vauriens à temps partiel :

premier mi-temps : crimes et délits
second mi-temps : la taule.

Dans la rue de Stella, Fenton était la vedette, on l'adulait. Elle comprenait mal qu'on appelle ça un quartier de travailleurs, puisque personne ne travaillait. Mais Fenton avait du prestige, il était dangereux, tout ce qu'il fallait pour faire naître une passion fatale. Et puis surtout, quand il était avec elle, qu'il lui parlait ou qu'il parlait d'elle, c'était un agneau.

Quand elle était tombée enceinte, il en avait pris pour trois ans. Un vrai choc, qui la dessilla. Ce serait comme ça tout le temps. Soit il se ferait coffrer, soit il se ferait zigouiller. Elle décida de faire table rase. Mais sa fausse couche avait tout fait basculer. À moitié folle de chagrin et de rage, elle avait décidé d'aller le voir en prison. Mais quand il était entré, se pavanant comme un bon macho, un dur au regard dur, elle avait eu envie de le faire souffrir.

« J'ai avorté », avait-elle dit.

Ivre de colère, il s'était jeté sur elle. C'est à peine si les six gardiens avaient réussi à le mettre K.-O., sinon à le maîtriser. Et le pire, c'était sans doute que pendant tout ce temps-là, il n'avait pas desserré les dents.

Alors, quand elle avait rencontré Jack Davis, elle l'avait pris. Et Bill avait téléphoné : « Il t'en veut, fais gaffe. Tire-toi d'ici, aussi vite que tu peux. »

Elle s'était tirée.

Le lave-linge passa à la vitesse turbo : c'était l'heure du déca. Régime basses calories. Aux hydrates de carbone, comme elle disait maintenant, à l'américaine.

Ça tournait à 3 000 tours-minute. Elle alluma la radio : énormes baffles, super-enceintes, un monument. C'était l'heure nostalgie : *Stuck In The Middle With You*[1]. Oh ! quel pied ! Et Steeler's Wheel avec Gerry Rafferty[2]. Ils avaient voulu en faire l'équivalent écossais de Crosby, Stills and Nash. Mais fallait pas charrier, quand même ! Et puis, ensuite, ce fut Vince Gill : *Go Rest High on that Mountain*[3].

En quittant Heathrow, elle avait entendu la chanson composée par Elton John en l'honneur de la princesse Diana. Mais pour elle, à ce moment-là comme aujourd'hui, le plus bel hommage, celui qui vous retournait les tripes, c'était bien la chanson de Vince Gill.

En l'écoutant, elle revoyait une photo de Lady Di qui aurait tiré des larmes au démon le

1. Chanson de Steeler's Wheel (1998).
2. Chanteur (World and Folk) dont un des titres les plus connus est *Can't Have My Money Back*.
3. Chanson de Vince Gill, tirée de son album *When Love Finds You*.

plus endurci. Elle participait à un cent mètres à l'école de ses enfants. Un visage de gamine qui en veut, passionnée et espiègle.

Éclatante de vie.

Stella avait raconté tout ça à Jack avant de lui faire écouter la chanson de Gill.

Dans un rare moment de finesse, il lui avait dit : « Dans ces rues sinistres, il faut bien qu'une belle chanson quelquefois nous parvienne.

— C'est beau, ce que tu dis, Jack.

— Mais non, c'est pas de moi, c'est un pastiche de Chandler[1].

— Ah bon ! »

1. Pastiche d'un essai de Chandler intitulé *The Simple Art of Murder*, et qui commence ainsi : « *Down those mean streets, a man must go...* » (« Dans ces rues sinistres, il faut qu'un homme passe... »)

Quel pont passer, quel pont brûler

(Vince Gill)

Il fallait que Brant change d'avion à Dublin — il n'y a pas de vol direct pour Galway, dans l'ouest de l'Irlande. Avant de partir, il avait repris contact avec un cousin quasi inconnu qui avait promis de venir l'attendre à l'aéroport.

« Mais comment tu vas me reconnaître ? avait demandé Brant.

— T'es pas flic ?

— Ben… si !

— Alors, je te reconnaîtrai. »

Intrigué, Brant finit par se dire qu'il valait mieux laisser tomber. « Alors c'est toi, Pat J. de Brun ?

— La plupart du temps, oui. »

Brant en conclut qu'il allait devoir se farcir ou un comique, ou un taré. Les deux, probablement.

Brant était déjà déconcerté par l'Irlande. En débarquant à Dublin, la première chose qu'il aperçut fut une pub proclamant : *Costa l'amore per il caffe.*

À moins qu'il se soit trompé d'avion et qu'il soit à Rome, c'était n'importe quoi. C'était du thé, qu'ils auraient dû vanter, ou alors du whiskey, non ?

Le cousin l'accueillit avec un sourire jusqu'aux oreilles. « Qu'est-ce qui te fait marrer, cousin ? fit Brant, comme par réflexe.

— T'as l'air ahuri. »

Effectivement, et ce n'était qu'un début : « C'est que tu dois être en manque, fit Pat. Ou alors, c'est que t'as la gueule de bois. »

Brant le suivit au bar. Une femme dans la cinquantaine était au comptoir. « Non, mais quel temps de chien, vous trouvez pas ? » dit-elle.

Ignorant le bulletin météo, Pat commanda : « Deux grands Paddy. »

Brant s'attendait presque à voir deux grands Irlandais sauter sur le comptoir. Mais c'étaient des verres… de whiskey : « *Sláinte !* fit Pat.

— Si tu le dis. »

Ils le burent sec, comme de vrais hommes — ou de vrais imbéciles. Instantanément, Brant sentit son estomac se perforer : « Jésus, Marie, Joseph ! fit-il.

— Ben, mon grand, t'aurais pas une goutte de sang irlandais, finalement ?

— T'inquiète, c'est fait. »

Le voyage de Brant se décomposait ainsi :

1. Londres — Dublin
2. Dublin — Galway
3. Nuit sur place
4. Shannon — États-Unis

Jusqu'ici, tout allait… quelque part.

La sono de l'aéroport diffusait *Search for the Hero Inside Yourself*. Qu'ils fredonnèrent ensemble. « C'est quand même pas du typique irlandais, si ? » demanda Brant.

Pat vida son verre avant de répondre : « Mais c'est fini, tout ça. Regarde : moi, je m'appelle Pádraig, mais y a pas un seul Brit comme toi qui serait capable de le prononcer correctement. »

Boosté par le Paddy, Brant risqua un : « Pawdrag ?

— Pas mal, ouais, pas trop mal. Mais comme je veux pas m'énerver sans arrêt, on va garder Pat… »

Brant prit une gorgée de whiskey : « Ou *Paddy*… »

Pat J. de Brun était un cousin éloigné. À force de migrations, émigrations et désarticulations, de Brun s'était mué en Brant.

Allez comprendre.

Brant allait vite découvrir que le caractère de Pat était un mélange de ruse, d'humour et d'ignorance crasse. Qu'on aurait baptisé « ironie » s'il avait été anglais. À part un échange sporadique de cartes de Noël, ces deux-là ne se connaissaient pas, mais ça ne les gênait guère. Faut dire que le fait d'être à moitié bourré devait y être pour quelque chose. Brant sortit son paquet de Weights et en offrit. Pat se servit. « J'en fumerais bien une, moi aussi », dit la barmaid.

Ils l'ignorèrent. À la première taffe, Pat s'étrangla : « Jésus, Marie, Joseph... des vrais clous de cercueil...

— Ça te plaît ?

— Et comment.

— Formidable. »

Coup d'œil envieux de la barmaid. Mais, bon, rien de nouveau sous le soleil, les hommes et la politesse, ça faisait toujours deux.

« Faudrait que je me bouge le cul, dit Brant.

— T'es en retard ? Où tu vas ? demanda Pat, sincèrement surpris.

— Ben, en Amérique ! Mais faut que j'me dégote une piaule d'hôtel. »

Virant du rouge au rubicond, Pat hurla presque : « Y a pas d'hôtel pour les de Brun ! Ma femme est à Dublin pour quelques jours. Et c'est chez moi que tu dors. »

Tenté, Brant répondit : « Si ça te dérange pas.

— Bien sûr que ça me dérange, mais depuis quand c'est un problème ? »

On ne pourrait pas dire mieux, songea Brant. La barmaid les poussa dehors et empocha les Weights.

En français dans le texte

Dès que le médecin ouvrit la bouche, Falls retint sa respiration : « Bien, Miz[1] — ou Miss… Je ne sais plus que dire pour être politiquement correct », fit-il, en lui lançant le regard du mâle incompris, lassé des revendications féministes.

Elle avait envie de lui hurler : « Allez, dépêche, andouille ! »

« Miz, c'est parfait, fit-elle sèchement.

— Très bien, Miz… euhhhhh… fit-il, en consultant ses notes.

— Falls, ajouta-t-elle, secourable.

— Exact. Eh bien, Miz Falls, on est enceinte. Et de trois mois, en fait. »

1. « Mz » (prononcé « Miz ») remplace « Miss » et « Mrs. » devant un nom propre. « Mz » s'est imposé après des campagnes menées par les féministes pour s'opposer à toute différence d'appellation distinguant l'état civil des femmes mariées et des célibataires. « Mz » est aujourd'hui couramment employé dans les pays de langue anglaise. En France, « Me » remplit la même fonction.

Elle en eut le souffle coupé. Maintenant que c'était confirmé, elle sentit une bouffée d'allégresse. « Bien ! » dit-elle.

Si c'était la réaction que le médecin attendait, il ne le montra pas. « Humm... dit-il, quand on n'a pas de monsieur Falls, on n'est pas toujours ravie.

— Eh bien, figurez-vous que moi, je suis enchantée.

— C'est ce que je vois. Mais, bien sûr, vous savez que d'autres solutions existent. Une fois le premier moment d'euphorie passé, il peut se faire que l'on veuille s'orienter vers... d'autres choix... »

Elle avait envie de lui flanquer une baffe dans la figure. « Mon bébé, je le garde, dit-elle. Je ne suis pas euphorique, je suis ravie, comme je viens de vous le dire. »

Il esquissa un geste pour la congédier, comme s'il avait déjà entendu ça des centaines de fois. « Ma secrétaire vous donnera tous les renseignements nécessaires. Bonne journée, Miz Falls. » Et au moment où elle partait : « Je suppose qu'on devrait vous dire : "Toutes mes félicitations"...

— Pardon ?

— C'est du français.

— Oh ! moi je sais ce que ça veut dire, docteur, mais vous, non. Et, à mon avis, dans aucune langue. »

La secrétaire tapa tous les résultats et lui tendit la feuille : « Laissez tomber, c'est un sale con.

— Il n'est pas le seul, si ? »

Chantez, dansez, agressez qui vous voulez

Dans un bar gay du fin fond d'East Village, Smokie chantait *Wild, Wild Angels*... C'est une pop song quasi parfaite, avec tout le mélo dont rêve une grande folle sur le déclin.

Le duo Sparadrap voulait se barrer de New York, et se barrer tout de suite. Maintenant, ils se faisaient appeler Josie et Sean O'Brien. Leurs méninges étaient tellement bousillées par toutes les substances possibles et imaginables qu'ils n'étaient plus sûrs de rien, sauf qu'ils étaient irlandais. Mais après des années de squat dans le sud-est de Londres, leur accent avait pris une couleur brixtonienne. Une seule chose était sûre : ils voulaient se casser en Californie vite fait bien fait. Du soleil, des vedettes, quoi rêver de mieux ?

Et puis, hein ! ils avaient la baraka, non ? Un, ils fracturent la porte de Brant ; et même s'il les avait chopés et leur avait foutu la pétoche, ils l'avaient quand même niqué en premier. Deux, ils zigouillent un jeune flic dénommé Tone pour lui piquer son pantalon neuf — un Farah super cool. Battu à mort avec un bois n° 9, alors qu'ils captaient rien au golf. C'est qu'à Brixton, le club était brièvement passé arme de choix. Ensuite, les choses avaient repris leur cours normal et les bastons se faisaient à coups de batte.

Jamais ils n'auraient pu imaginer que Brant viendrait à leur recherche.

Jadis, Josie avait été jolie. Presque une *colleen* irlandaise avec des yeux bleus, un nez mutin et une tignasse blond cendré sale.

Mais tout ça, c'était dépassé.

Brixton

+ les squats

+ la cruauté pure

+ l'éventail complet des défonces disponibles

= Bonjour les dégâts !

Maintenant, elle avait les cheveux décolorés, style Robbie Williams, la peau criblée de bleus et de pustules et — merci, le crack ! — un reniflement permanent. Mais si elle, elle était rude, alors Sean était devenu le parfait clone de Sid Vicious... deux ans après sa mort.

Ils étaient arrivés en Amérique avec un groupe punk, qu'ils avaient dépouillé avant de mettre les instruments au clou. Et puis, faute de thune, ils avaient repris leur premier rôle, celui de prédateurs urbains. Qui débusquaient leurs meilleures proies dans les bars gays.

Mais cette superveine de chance allait vite s'épuiser.

Planqués dans le noir, ils observaient un groupe d'hommes debout sur le trottoir. Manifestement cuits, ils rigolaient en échangeant des bises d'adieu.

« Punaise, j'm'en ferais bien un pour une tasse de thé !

— Oh ! ouaiaiaiais ! Et deux sussuc's pour ma pomme, petit saligaud ! »

Gloussements.

Sean regarda un des types se détacher du groupe et marmonna : « Tu vas voir comment je vais te le défoncer…

— Ouais, on va s'éclater ! » Josie sentit un jet d'adrénaline la pousser à 300 à l'heure. « Va te fai' niquer, va, 'culé ! » souffla-t-elle avec un accent à faire pâlir d'envie toute une bande de cailleras.

Le type commençait à s'éloigner. « Action ! » dit Sean.

Julian Asche avait trente-cinq ans et un petit renom en tant qu'architecte. Il lui avait fallu un certain temps pour accepter son homosexualité. Mais New York est un bon endroit pour faire son coming out. Et à en croire les femmes : « Comment trouver un type qui ne soit pas :

gay,
marié,
menteur,
OU
les trois à la fois ? »

En habitué de Manhattan, il avait dû s'acquitter de la taxe résidentielle : cohabiter avec les cafards, ignorer les S.D.F. et se faire agresser à deux reprises. « Bon, ça suffira », avait-il d'abord déclaré, puis : « Plus jamais ça. »

Ce qui lui laissait le choix entre deux solutions :

1. partir
2. se procurer une arme.

Il avait opté pour la seconde. Avec toute la panoplie requise, y compris les Reebok et les souvenirs de bataille. Pour compléter le tableau, il se nourrissait de sushis et adorait Ingmar Bergman.

Son arme était un Glock. Notoirement connu comme accessoire de terroriste, presque entièrement en plastique, il passe les détecteurs de métal incognito. Léger, facile à porter et à cacher, même les flics s'en étaient entichés. Comme arme d'appoint — l'officieuse…

« On fonce ? fit Josie, en poussant Sean du coude.

— Ouais, à la curée ! » ajouta-t-il, avec un grognement.

En avant !

Selon leur méthode déjà bien éprouvée, Josie s'approcha de la victime en geignant : « Z'auriez pas un' 'tite pièce, siouplaîaîaît, m'sieuur ? » pendant que Sean faisait son affaire, par-derrière. Direct, mortel, efficace. C'est comme ça qu'ils avaient eu Brant et le jeune flic, et un pour cent du quartier de Lambeth. Pourquoi changer une méthode qui gagne ? Je vous le fais pas dire…

Mais c'est pourtant ce que fit Sean.

Peut-être à cause de la Rolex que Julian avait au poignet : une authentique. Cadeau de son premier amant. Tellement vraie qu'elle en paraissait fausse.

Josie joua son rôle, adaptant juste la monnaie aux aléas géographiques. À ce moment-là, le bar diffusait *Perfect Day*, de Lou Reed. Si le destin avait eu le sens dramatique, *Walk on the Wild Side* aurait été plus approprié… Mais dans son programme, le destin inclut rarement l'humour et quasiment jamais le choix du bon moment.

La partie commença comme d'hab'. Josie s'approcha donc de Julian, en geignant : « Z'auriez pas quèq' dollars, jusse un peu d'pèze, m'sieuur, siouplaîaîaît. »

En pâle reflet du cavalier de l'Apocalypse, Sean se glissa par-derrière. Et là : intermède comique. Julian fut troublé par l'accent de Josie. Il avait cru entendre : « Jusse une p'tit' baise, m'sieur, siouplaît », et s'apprêtait à répondre : « Tu t'es trompée de numéro, p'tite sœur » quand Sean, rompant toutes les habitudes, se jeta sur la Rolex comme une pie en chasse. Il attrapa Julian par le poignet.

Celui-ci secoua le bras. « Mais, put… ! » cria-t-il. Et il sortit son Glock, qu'il s'était planqué dans le dos. En vrai enfant du cinéma, il savait que ça se porte au-dessus des fesses. D'où peut-être l'expression : « Protège tes arrières. » Qu'un homophobe interpréterait différemment et plus crûment.

Mais peu importe.

Sortant son flingue, il le pointa des deux mains sur Sean. Qui croyait avoir affaire à un mec bourré et qui, fou de rage, se mit à beugler : « File-moi ta montre, trouduc ! »

Julian tira entre les deux yeux. Puis le Glock se pointa sur Josie qui, tombant à genoux, supplia : « Oh ! siouplaît, me tuez pas, m'sieur ! Y a pas, c'est lui qui m'a forcée, j'vous l'jure, sur la tête de ma mère ! »

Comment appliquer les consignes de la C.I.A. devant une femme :

catholique
irlandaise
pitoyable ?

Julian sentit son pouvoir, comme la biche attrapant le léopard par les couilles. Propulsé par l'adrénaline dans une autre dimension, il lui demanda : « Alors, pétasse, tu me le dis, pourquoi je devrais pas te liquider ? Tu mérites pas de rester sur terre. Allez, vas-y, supplie-moi ! Implore-moi de ne pas presser sur la détente. »

Elle le fit.

Nu intégral de face

Brant ouvrit les yeux. Il n'avait pas la moindre idée de l'endroit où il se trouvait. Ce qu'il savait, en revanche, c'est qu'il avait mal. Partout. Quelque chose d'atroce. Il esquissa un geste et se rendit compte qu'il avait la moitié du corps par terre et l'autre moitié sur un canapé. Le tout très alcoolisé. Peu à peu, ça lui revint :

L'Irlande

Pat

La tournée des pubs

Quay Street

Lui en train de danser des gigues irlandaises.

En train de danser ! Il eut une prière muette — « Mon Dieu ! Faites que je me goure à propos des gigues ! »

Il ne se gourait pas.

Il n'avait que son slip kangourou gris sur le dos. Pas gris d'origine. Juste parce qu'il l'avait collé à la machine avec une liquette bleue. La sueur lui ruisselait sur la figure et il se dit : « Je vais crever. »

La porte s'ouvrit et Pat entra, un mug de thé fumant dans chaque main. « Salut ! Ça baigne ? On te demande au téléphone.

— Hein ?

— Un Angliche. Et, vu le ton, c'est un flic. Qui aime donner des ordres.

— Roberts ?

— Soi-même. »

Lawrence Block, dans *Même les scélérats* :

« — *C'est moche quand un type commence à prendre goût à tuer, dit-il.*

— Vous aimez ça, vous.

— J'y ai trouvé plaisir, reconnut-il. C'est comme l'alcool, vous savez. Ça vous fouette le sang et ça vous fait battre le cœur plus vite. Avant de vous en rendre compte, vous dansez.

— C'est une façon intéressante de présenter les choses. »

Brant avala une lampée de thé et se mit à gueuler : « Oh ! Vérole ! Je me suis ébouillanté les amygdales !

— Je veux ! C'est plus chaud qu'un protestant en colère. »

Mais il y avait autre chose, dans le thé. Un truc qui vous filait un vrai coup de booster. Pat sourit : « C'est pour que tu reprennes un peu de poil de la bête.

— C'est du rottweiler pur jus, ton truc, là ! » fit Brant.

Il y eut un instant critique, tandis que le liquide bataillait ferme avec son estomac et était à deux doigts de perdre le combat — et Brant à deux doigts de gerber. Puis, ouf ! le thé força le passage et se mit à répandre ses bienfaits.

« Tu ferais peut-être bien d'aller répondre, dit Pat.

— O.K. », fit Brant, pensant *in petto* : « Oh ! putain ! je me sens revivre ! »

« Je vous réveille ? demanda Roberts.

— Naan ! J'étais en train de faire un golf. J'ai dû piquer un sprint pour revenir du neuvième trou.

— Hein ? »

Brant se gratta les couilles, n'en revenant pas de sentir son état s'améliorer de seconde en seconde. Peut-être bien qu'il allait se fixer en Irlande…

« J'ai eu un mal de chien à vous localiser, fit Roberts.

— Je suis ici en agent infiltré.

— Complètement imbibé, dites plutôt ! Vous n'êtes quand même pas bourré, là ? Il est à peine dix heures du matin.

— J'ai pas bu une goutte. »

Roberts prit une grande inspiration. Il avait une nouvelle sidérante pour Brant et il voulait être bien sûr de le sidérer. Son idée était de traîner, de biaiser, de faire durer le plaisir et carrément d'atermoyer.

Puis d'en venir au fait… f… i… n… a… l… e… m… e… n… t…

Tel que.

Ce qu'il s'entendit dire fut : « Ils ont serré le duo Sparadrap.

— Nom de Dieu !

— Exactement. »

Brant faillit gueuler :

Qui ?

Où ?

Quand ?

Comment ?

Mais au lieu de ça, il répéta : « Nom de Dieu ! »

Roberts considéra que ça comptait pour « sidéré » et enchaîna : « Votre duo d'enfer a essayé de braquer un homo, à New York, mais devinez quoi… »

Brant n'en savait foutre rien, alors il dit : « J'en sais foutre rien.

— Le gars se baladait avec un Glock 9 mm. Encore un qui devait être influencé par l'autre fondu de l'autodéfense du métro new-yorkais… comment il s'appelait, déjà ? »

Brant n'en savait rien du tout et s'en branlait. Le « reconstituant » qu'il y avait dans le thé avait fait son office. En fait, il lui en fallait plus. Plus de tout — d'infos surtout. « Il les a butés ?

— Naan. Seulement le mec — la fille l'a supplié de l'épargner et quand les flics sont arrivés, elle a tout déballé : qu'ils vous avaient poignardé, qu'ils avaient tué le petit Tone... Je crois qu'elle a même avoué avoir trempé dans la disparition de lord Lucan[1] et de Shergar[2]. »

Brant éclata de rire. C'était le pied. Il se sentait euphorique et se dit : « J'adore l'Irlande ! » Ce qui, à défaut d'être logique, était tout ce qu'il y avait de sincère.

Roberts reprit : « Et maintenant, voilà le problème : la fille a renoncé à la procédure d'extradition et elle est d'accord pour rentrer en Angleterre. À une condition, cependant.

— Laquelle ? De voyager sur *Concorde* ? De rencontrer Michael Jackson ?

— Pire que ça. Elle veut que ce soit *vous* qui la rameniez. »

1. Dans la nuit du 7 novembre 1974, lady Lucan était agressée à son domicile londonien et la nurse de ses enfants assassinée. Lord Lucan, soupçonné d'être le coupable, n'a jamais pu être retrouvé.

2. Pur-sang appartenant à l'Agha Khan, qui fut enlevé d'un haras irlandais (sans doute par l'I.R.A.) en 1983. Ses kidnappeurs réclamaient une rançon de 3,9 millions de livres pour le rendre. Toutes les recherches faites pour le retrouver sont restées vaines.

Brant n'en crut pas ses oreilles. Il se mit à beugler : « Ça, c'est hors de question, vérole ! J'ai des projets personnels... Je suis en route pour San Francisco... C'est là que se trouve Fenton. »

Alerté par ses vociférations, Pat fit ce que tout Irlandais aurait fait. Il apporta à Brant une petite resucée de thé et une clope. Roberts sentit que le moment était venu de faire valoir ses galons et de remonter les bretelles à son insubordonné.

« Ce n'est pas une requête, sergent. La direction ne vous prie pas poliment de lui faire une faveur. C'est un ordre !

— Vérole !

— Ouais, ça aussi. Cela dit, pensez au bon côté de la chose : ils mettent la main au portemonnaie. Ça ne vous coûtera pas un radis. »

Brant avala une grande lampée de thé — encore meilleur et plus corsé que le premier —, mais il avait envie de faire la tronche. Il écrasa sa cigarette et marmotta : « C'est pas une question de fric. »

Roberts s'esclaffa. « Arrêtez votre charre à l'irlandaise. Avec vous, c'est toujours une question de fric. »

Ça l'était... *Toujours*.

Brant entendait la douche couler et... pas d'erreur, Pat qui poussait la chansonnette. *Search for the Hero Inside Yourself*, comme de bien entendu…

Roberts enchaîna : « Allez à la Garda Siochana de Galway. Vous allez y recevoir tous les détails par fax.

– C'est moi qui vais me faire recevoir, dites plutôt ! Comme s'ils allaient accueillir un flic anglais à bras ouverts… »

Roberts commençait à trouver la situation tout à fait réjouissante. Les occasions d'emmerder Brant étaient plutôt rares. Son cancer de la peau le tannait comme un Haré Krishna et il sentait que la déshydratation n'était pas loin. « Pourquoi est-ce qu'ils ont été baptisés le duo Sparadrap, à propos ? Ils faisaient du music-hall ? »

Brant eut un ricanement méprisant. « Le seul numéro qu'ils connaissaient sortait d'un film d'Oliver Stone. La première fois que je les ai vus, le type avait une coupure à la figure et il m'a dit : "Quand on me coupe, c'est elle qui saigne." Ils avaient tous les deux du sparadrap plein la tronche. Touchant, non ? »

Roberts ne put pas résister. « Ben, du sparadrap, il va leur en falloir des mètres pour couvrir ce qu'il lui reste de figure… » Brusquement, il eut envie de confier à quelqu'un l'angoisse que lui causait son cancer. Brant était ce qu'il avait de plus ressemblant, dans le genre ami. Il se lança : « Je traverse une sale passe en ce moment, sergent…

— Putain ! Vous croyez être le seul, patron ? » fit Brant.

Et il raccrocha.

Comment revivre les grandes heures du passé

À voir le petit déj' que Pat avait préparé, on aurait dit qu'il attendait Manchester United au grand complet.

Sur la table se trouvaient deux assiettes, assez vastes pour contenir le texte intégral d'un manifeste du parti travailliste. Là, elles contenaient chacune :

saucisses (2)
œufs (2)
tomates (2 1/2)
tranche de pain frit (1)
boudin (1)

« Putain de Dieu ! » fit Brant.

Pat avait déjà attaqué. « Colle-toi ça dans le corps, vieux ! Rien de tel pour éponger l'alcool. »

Le plus curieux, c'est que Brant avait faim. Il s'assit, s'empara de sa fourchette et la pointa sur le boudin. « Quel genre d'accident c'est, exactement ?

— T’aurais mieux aimé du blanc ?

— Du *quoi* blanc, hein ?

— C’est du boudin. Le pape en fait ses choux gras. »

Brant gara le sien sur le bord de son assiette, harponna une saucisse et s’enquit : « Comment je dois prendre ça ? Je veux dire, le *pape*... C’est une recommandation ou une mise en garde ? »

Pat éclata de rire, se cala un morceau de pain frit entre les molaires et fit : « Le pape est un grand *maneen*.

— Un quoi ?

— Man-*een*. Chez nous, on met “*een*” à la fin des mots ou des noms, pour dire “petit”. Leur coller un diminutif, ça rend ce dont on parle plus accessible. Ça peut être affectueux ou ironique. Des fois, les deux. »

Brant goûta sa saucisse et la trouva pas mauvaise du tout. « Elle est pas mauvaise, c’te saucisse... ou plutôt, c’te sauciss-*een*.

— T’as tout compris ! Verse-nous donc une tasse de thé comme un bon garçon. »

Ils nettoyèrent leurs assiettes et se laissèrent aller contre le dossier de leur chaise avec un rot de satisfaction. « Je vais chercher mes clopes, fit Brant.

— Bouge pas... Goûte donc une irlandaise. »

Pat fit glisser en travers de la table un paquet de cigarettes vert, sur lequel s'étalait en lettres blanches le mot MAJOR. Brant ne put s'empêcher de demander : « Aucune parenté avec l'ineffable John, je suppose ? »

Il fallut cinq secondes à Pat pour piger et répliquer : « Sûrement pas ! Ces clopes ont des couilles, elles ! »

Pat sortit de sa poche un vieux Zippo et ils allumèrent leur cigarette. Brant tira une longue taffe de la sienne et crut suffoquer. « Oh ! vérole !

— Ça arrache, hein ?

— Vingt dieux ! C'est fait avec quoi ? Des raclures de boudin ? »

Pat se leva de table en disant : « Gomme au lâche Kelly… » C'est du moins ce que Brant crut entendre. En fait, il avait juste dit : « *Gabh mo leath scéal* », « excuse-moi » en gaélique.

Bref…

Pat réapparut avec l'incontournable théière et un gros chandail blanc. « Tiens, c'est pour toi. C'est un pull des îles d'Aran et si tu le traites comme il faut, il enterrera ton boss. »

Brant n'avait jamais, mais ce qui s'appelle *jamais*, reçu de cadeau de personne. Il se trouva tout à la fois confus, gêné et ravi. « C'est… putain !… je veux dire… c'est trop… fallait pas…

— Je te le fais pas dire. »

Une fois douché, Brant passa un Levi's délavé et essaya son pull d'Aran. Il l'adora illico. Il lui allait à la perfection. Il dit : « À partir de maintenant, je le quitte plus ! » Il enfila une paire de Reebok et se sentit devenir Action Man en personne.

Pat le reluqua de la tête aux pieds et fit : « Y a pas, t'as tout d'un Yankee, équipé comme ça !

— C'est positif ?

— En gros. D'un autre côté, tu risques de t'entendre dire : “T'aurais pas dix sacs ?” »

Pat lui avait proposé de le conduire à la Garda. Au moment de sortir, il lui demanda : « Dis voir, qui c'est, Mayor Mayor ? »

Brant eut le souffle coupé. « Quoi ?

— Mayor Mayor. T'as hurlé ce nom comme une *banshee*[1], cette nuit. »

Brant s'assit. « File-moi un de tes clous de cercueil… »

Comme il allumait sa Major, il sentit sa main trembler. « Y a pas longtemps, j'ai eu un chien qui s'appelait Meyer Meyer… C'est le nom d'un personnage de McBain. »

Pat n'avait pas la moindre idée de qui était ce McBain, mais il était irlandais et avait appris au berceau à ne jamais interrompre une histoire en

1. Dans le folklore irlandais, fée dont l'apparition et les cris sous les fenêtres d'une maison présagent la mort d'un de ses occupants.

posant des questions idiotes, alors il ne moufta pas.

Brant était dans son histoire, dans son passé, les yeux perdus dans le vague. « Y avait un type qu'on recherchait, à l'époque... un vrai psychopathe. L'Arbitre, qu'il s'appelait. Il avait entrepris de dégommer toute l'équipe de cricket d'Angleterre[1]. »

Si Pat avait un commentaire à faire, il s'en abstint.

« Je l'ai traité de débile, à la télé... Alors, il m'a cramé mon chien. Il y a carrément foutu le feu, c't'ordure. » Brant se tut, de peur que sa voix se casse.

« Quand tu l'as retrouvé, tu l'as allumé en beauté, j'espère ? demanda Pat.

— Non. (Quasi inaudible.)

— Sérieux ? T'y as rien fait ? (Étonné.)

— On n'a pas réussi à le coincer. »

Pat, estomaqué, pour le coup, marmonna : « Je vois... » Mais c'était juste une façon de parler.

Brant se secoua, comme si de le faire physiquement pouvait l'aider à se secouer mentalement. Peau de balle. « Je l'aimais, ce clebs. Il était moche, t'as pas idée... » S'il est possible d'avoir un sourire dans la voix, c'était le cas de

1. Voir *R&B — Le Gros Coup*, Folio Policier n° 393.

Brant. « J'allais le promener sur Clapham Common. J'espérais qu'on ferait des touches.

— Et ça marchait ?

— Naaan ! C'est ma sale gueule qui les faisait fuir... » Ils éclatèrent de rire. La tension commença à baisser, à filer par la soupape.

En bon Irlandais, Pat n'ignorait rien du deuil, de la souffrance et de la mélancolie douce-amère. « Je vais t'en raconter une, d'histoire, et après on ne parlera plus de trucs tristes. T'as déjà entendu le mot "*bronach*" ?

— Bron... quoi ?

— Je vois que non... O.K. ! Ça veut dire "tristesse" en gaélique, mais c'est bien plus que ça. C'est comme une blessure que t'as au fond de l'âme... » Pat se tut, le temps de s'allumer une clope et d'avaler une gorgée de thé. L'art du suspense n'avait pas de secret pour lui. « Notre fils aîné, Sean... un sacré loustic... Le genre à te bâtir un nid dans l'oreille et à te réclamer un loyer... J'y tenais plus qu'à la prunelle de mes yeux. À huit ans, il a attrapé une mauvaise fièvre et on n'a pas pu le sauver. Il ne se passe pas un jour sans que je lui parle. Il me manque comme de respirer. Le pire, des fois, c'est que je l'oublie, mais je ne me torture pas pour autant — c'est la vie... dans toute sa dureté de granit. Ce que j'essaie de te dire, là, et j'espère bien y arriver, c'est que la vie est terrible et que le truc, c'est de pas la laisser faire de toi une terreur. Ben voilà, j'ai fini… Allez, viens. Je t'emmène à la Garda. »

Brant était incapable de décider si c'était le truc le plus sage qu'il ait jamais entendu ou si c'était juste du baratin. Comme il se levait, il décida qu'il ne le saurait sans doute jamais. Alors, il dit : « Pat, t'es un vrai *maneen !* »

Tribu(lations)

Falls était à la cantine, attablée devant un toast (sans beurre) et un verre de lait (sans goût), quand sa copine Rosie entra, l'air dégagé.

Enfin, aussi dégagé qu'on peut l'avoir avec un bras en écharpe et la figure couverte de bleus.

« Salut, Rosie !

— Salut, ma belle ! »

Tel que.

« Tu te demandes ce qui m'est arrivé, non ?

— Ben…

— Falls ! Mais regarde-moi, bon sang ! T'as vu dans quel état je suis ? »

Falls posa son toast. « La vache ! Qu'est-ce que t'as fabriqué, Rosie ?

— J'étais en vacances, tu savais pas ? On avait fait nos économies pour aller en Inde, Jack et moi, et on y est allés. »

Falls ne put pas résister. « Et les indigènes n'étaient pas amicaux ? »

Rosie se pencha et lui tapa sur le bras. « Ho ! Réveille-toi ! Tu sens pas la bonne odeur du café, là ? Ça faisait des années que je voulais aller à Goa, à cause de la route, des hippies et de ces plages de rêve… » Elle avait les bras et le visage tout bronzés. Ce qu'on appelle le bronzage « camionneur » — avec le reste du corps blanc comme un cachet d'aspirine.

Falls fit un effort pour s'intéresser. « Alors ? C'était comment ? Le pied ?

— Ça me scie que tu ne sois pas au courant… Donc, on arrive à Delhi et en sortant de l'aéroport, on prend un taxi. Les taxis, là-bas, ils roulent comme à Brixton, une nuit où ça chauffe — oh ! 'scuse-moi… — je veux dire… »

Falls avait beau être noire, elle ne prit pas la chose comme une injure personnelle. Chaque fois qu'un Londonien a besoin d'un adjectif ou d'une comparaison pour décrire une situation bordélique, il se rabat sur Brixton. Bien que difficilement justifiable, c'est quand même parfois justifié. C'est comme ça. Le Banlieue Blues du citadin…

Rosie reprit avec un peu moins de feu : « On s'est fait emplafonner par un Transit conduit par un Australien. Notre chauffeur de taxi a été tué sur le coup et moi, je suis restée cinq jours dans le coma. »

L'espace d'un instant, Falls en oublia presque le bébé qu'elle portait. Elle caressa la joue de

Rosie. « Oh ! mince ! Mais t'es remise, là, cocotte ?

— Maintenant, oui. Ils m'ont collé des broches dans le bras, mais tu savais ça, toi, qu'ils ne plâtrent pas les côtes cassées ? Les miennes me font un mal de chien. Jack, lui, ce scélérat…

— *Scélérat ?* T'as regardé Sean Bean dans le dernier *Sharpe*[1] ou quoi ? »

Rosie se mit à rire de bon cœur. Un grand rire communicatif qui venait des tripes — et tant pis pour les rides. « Il s'en est sorti sans une égratignure. Moi, j'ai eu un traumatisme crânien et le toubib m'a annoncé : "Faut vous attendre à pas tourner très rond pendant un certain temps." Le con ! Je suis flic — c'est en permanence que je tourne pas rond ! Mais bon, assez parlé de moi, si passionnant que ce soit… Et toi, alors, cocotte ? Qu'est-ce qui t'arrive ? Tu m'as l'air d'avoir la tête ailleurs. »

Falls laissa son regard tomber vers son nombril et esquissa un petit sourire, à la fois coquin, incrédule et ravi.

Rosie la regarda, les yeux comme des soucoupes, puis : « *Non ! c'est pas vrai !* Oh !… oh !…

1. Série de téléfilms historiques anglais, adaptés des romans de Richard Cornwell, qui se passent pendant les guerres napoléoniennes et dont le héros, Sharpe, est incarné par Sean Bean.

oh ! » Sur ce, elle bondit sur ses pieds et fit de son mieux pour serrer Falls sur son cœur avec son unique bras valide. Tous les flics présents dans la cantine se retournèrent, avec un regard qui proclamait : *Qu'est-ce qu'elles ont encore, ces greluches, bordel ?*

Aussi rouge de confusion que ses bleus le lui permettaient, Rosie se frappa le front, lança « désolée ! » à la cantonade et souffla à Falls : « Félicitations ! Oh ! je t'adore ! »

L'un dans l'autre, il faut reconnaître que Rosie prit la chose beaucoup mieux que le toubib de Falls. Essayant de parler bas, elle demanda : « Quel effet ça fait ? T'as des nausées ?

– Non. Pas la moindre. Mais j'espère que je vais enfin pouvoir assouvir mon rêve secret…

– C'est quoi ?

– D'avoir de grosses loloches. »

Leurs efforts pour étouffer leur fou rire ne parvinrent qu'à l'aggraver. Une fois calmées, Falls mit Rosie au courant des dernières nouvelles du commissariat : le pyromane et le départ de Brant. « Tu ne comprends pas ? C'est la chance de ma vie. Si j'arrive à coincer ce type, j'aurai de l'avancement et je pourrai faire face, financièrement, pour le bébé. »

Rosie secoua la tête. « Fais pas de connerie. Ce type pourrait être dangereux.

— C'est une grande gueule, c'est tout. Y a absolument aucun risque. »

Elle se trompait.

Le sergent de permanence passa une tête dans la cantine. « Si le quart d'heure de rigolade est terminé, j'ai une affaire qui nécessite du tact féminin. » Ce qui n'était guère éclairant.

En chemin, Falls dit : « Si c'est une fille, je l'appellerai Rosie. »

Une vieille dame était assise dans la salle d'audition. Falls s'installa en face d'elle et lut rapidement le rapport d'interpellation. La femme se pencha, la regarda en plissant les paupières et fit : « Mon Dieu ! Vous êtes noire ! »

Falls embraya. « Ça vous pose un problème ?

— Pas du tout, mon petit. Je trouve ça très bien qu'ils admettent des Noirs dans la police. J'adore Ray Charles. »

Le rapport ne contenait, comme d'habitude, aucune information digne de ce nom, alors Falls dit : « Mrs. Clark… que penseriez-vous de me raconter à votre façon ce qui s'est passé ? »

Mrs. Clark ne demandait pas mieux.

« J'étais assise dans Kennington Park — c'est si agréable, là-bas — quand un individu est venu se planter devant moi et est resté là, sans bouger. Alors, je lui ai demandé : “Je peux vous aider ?” et il m'a fait : “Regardez, mais regardez ! Vous voyez pas que je m'exhibe ?" Il avait l'air très très agité.

— Et il le faisait ?

— Quoi donc, mon petit ?

— Il s'exhibait ? Je veux dire, est-ce qu'il... montrait ses parties ?

— Son John Thomas, vous voulez dire ? Je lui ai répondu : "Vous savez, il faudrait que vous vous rapprochiez, mon garçon, parce que j'ai la vue qui baisse." »

Falls se mordit les lèvres. « Et qu'est-ce qui s'est passé ?

— Il s'est approché de moi et je lui ai planté mon Bic dans son engin. Et là, il s'est mis à hurler et la police est arrivée... »

Falls avait envie de l'embrasser. « Vous voulez une tasse de thé ?

— Oh ! volontiers, mon petit. Avec deux sucres et un gâteau sec. Rien qu'un. Je ne voudrais pas me couper l'appétit avant de dîner... » Comme Falls se levait, la vieille dame ajouta : « Vous êtes très gentille, mon petit. Est-ce que je peux vous poser une question ?

— Bien sûr.

— Dans votre tribu, là, les teintés — pourquoi est-ce que les jeunes mettent leur casquette devant derrière ?

— C'est la mode, Mrs. Clark.

— Je trouve ça d'un ridicule achevé, mais après tout... si ça peut vous rendre heureux... »

Un temps, puis elle enchaîna : « Je ne voudrais pas abuser de votre gentillesse, mais est-ce que je pourrais récupérer mon Bic ? »

À l'américaine

Le Mutant poussa la porte d'un Seattle Café. Il avait toujours rêvé de lancer : « Salut ! ça gaze ? Un triple cappuccino déca allongé arôme caramel, comme d'hab'… »

Et comme de bien entendu, la serveuse lancerait : « Z'êtes anglais, vous, pas vrai ? »

Au lieu de ça, il dit : « Un expresso, s'il vous plaît. » Il se commanda aussi un chausson aux pommes et alla consulter l'annuaire.

Bingo !

Elle y était listée, sous le nom que Bill lui avait filé. Il nota l'adresse sur un bout de papier, et mordit dans son gâteau. Trop sucré. Son sac de sport était posé à ses pieds et il fallait bien regarder pour deviner la forme de la batte de base-ball.

Stella, l'ex du Mutant, s'apprêtait à se griller une cigarette en douce. Aujourd'hui, en Amérique, on ne regarde plus les fumeurs de travers.

On les descend sans sommation. Elle avait profité de son dernier voyage en Angleterre pour s'acheter une cartouche, en cachette de Jack. Des Rothman. Dans toute leur mortelle beauté. En prime, on lui avait filé un T-shirt promotionnel qui rétrécissait au lavage. Ç'avait été un XL, à l'origine, mais encore quelques passages en machine et ce serait un petit 38.

Elle ôta la cellophane d'un paquet neuf, l'ouvrit et alluma sa cigarette avec les allumettes de la cuisine.

Aaaah… !

Le dîner était dans le four et d'ici le retour de Jack, elle aurait le temps de vaporiser un petit coup de désodorisant et de se mettre une goutte de patchouli pour faire bonne mesure.

Y a quelqu'un qui fume, ici ?

Sa mère lui envoyait régulièrement du thé Lipton et les derniers *South London Press*. Jack ronchonnait : « Ah ! là, là ! les Anglais et leur sacro-saint thé ! » Mais, au fond, adorant ça, adorant le fait qu'elle soit anglaise et qu'elle le montre. Tous les soirs, quand il rentrait, elle lui servait un Dry Martini, très dry, avec deux olives. C'était un rituel. Il disait : « Deux ?

— C'est parce que je t'aime *de* trop. »

Tel que.

Puis : « Mmmm ! Ça sent rudement bon !

— Je t'ai préparé ton plat favori.

— Un *meatloaf* ?

— Qu'est-ce que tu crois ? »

(La première fois qu'il lui en avait réclamé, elle avait cru qu'il parlait de Meat Loaf, le rocker, l'auteur de *Bat Out of Hell*. Elle était encore très anglaise, à l'époque. Maintenant, ça lui demandait un petit effort. Non qu'elle se sente le moins du monde américaine, cela dit, mais elle en prenait le chemin.)

À l'annonce du menu, Jack la serrait dans ses bras et elle se chopait une bouffée de Tommy Hilfiger dans les narines. L'espace d'une seconde, elle se rappelait le Brut de Fenton, mais elle ne tentait pas de retenir ce souvenir, ne s'y attardait même pas... Elle laissait ça passer, comme une chanson dont on a oublié les paroles.

Jack arriva, et tout se déroula conformément au scénario. Ils finissaient le *meatloaf* quand la sonnette retentit dans l'entrée. Jack alla voir.

Une voix lança : « Un colis pour Stella ! »

Tout en ouvrant grand la porte, Jack se retourna vers elle avec un sourire épanoui qui lui donnait l'air d'un grand gosse. Fenton fit : « Un ! »

Il enfonça sa batte dans le bide de Jack.

« Deux ! »

Il la redressa à la verticale et le bout s'écrasa sur le menton de Jack, lui greffant la mâchoire dans le cerveau.

« Et toc ! »

Sur quoi, il décocha un grand sourire à Stella et demanda : « Qu'esse tu dis de ça, ma puce ? »

Elle avait sa pile d'assiettes sales dans les mains, trop tétanisée pour les lâcher.

D'un coup de talon, Fenton claqua la porte.

« Devine qui vient dîner ?... Et encore plus noir que tu te l'imagines ! »

On était quelque part dans les environs de Barstow, aux portes du désert, quand la dope a commencé à faire effet

(Premières lignes
de *Las Vegas Parano*)

« T'es une sacrée pute, toi, tu sais ! fit Pat.

— Quoi ?

— La façon dont t'as embobiné les flics, au commissariat ! Vingt dieux ! Ils te mangeaient carrément dans la main. Un flic qui vous offre une tasse de thé, j'avais encore jamais vu ça. Je suis pas près de l'oublier, crois-moi ! Comme je disais, y a pas, t'es *glic*...

— Clic ?

— C'est du gaélique. C'est comme "sacrée pute", en un peu plus sournois.

— Mais c'est un compliment ?

— Va savoir... »

Ils étaient au Quays, dans Quay Street — ce que l'enseigne, au-dessus de la porte, vous rappelait, au cas où vous l'auriez oublié... Pat avait dit à Brant que Brad Pitt était venu y boire un coup et que « pas plus que Bob Geldof, il n'avait peur de lever le coude ».

Brant s'exclama : « Tu peux être vache quand tu veux, toi aussi !

— Meuh non ! Je plaisante juste... »

Brant était venu en Irlande pour des tas de raisons, et la curiosité était sans doute la meilleure qu'il s'était donnée. Tirer un coup n'en avait jamais fait partie, mais — surprise, surprise ! — il était sur le point de le faire. Ils étaient tous les deux en train de descendre tranquillement leur Guinness bouteille quand Pat lança : « Y en a une, dans le coin là-bas, à qui t'as tapé dans l'œil.

— Quoi ?

— Elle a une paire de seins comacs et elle a pas mal de kilomètres au compteur, mais quand même...

— Qu'est-ce que tu vas chercher ? »

Pat se décolla du comptoir, toisa Brant de la tête aux pieds à l'irlandaise et laissa tomber : « Y a pas, t'es le vrai tombeur de ces dames. » Sur ce, il mit le cap sur la femme, échangea quelques mots avec elle, et revint : « Elle te remercie. Elle dirait pas non à un petit sherry. Du doux. »

Brant la regarda discrètement. Pas mal du tout. Quelque chose de Margot Kidder — enfin, bon... de la *mère* de Margot Kidder, disons, mais bien conservée. Évidemment, le fait qu'elle trouve Brant à son goût lui conférait un sérieux bonus.

Pendant que Brant commandait le sherry, Pat lui glissa : « C'est la pénitence des gars du Connemara… »

Là encore, Brant n'eut aucune idée de ce qu'il voulait dire, mais il n'avait pas envie de se mettre à bêler « Quoi ? » une fois de plus. Une idée l'effleura : il allait se faire imprimer deux cartes,

1. une jaune,
2. une rouge,

avec « Quoi ? » en petites lettres sur la première et « KWA ? » en majuscules sur la seconde. À tous les coups, les gens allaient le prendre pour un sourd-muet… C'était peut-être pas une si bonne idée que ça, à la réflexion. Alors, à la place, il fit « Quoi ? ». Et, histoire d'introduire une petite touche de variété, ajouta : « Plaît-il ?

— Le sherry… Les gars du Connemara, c'est ce qu'ils boivent quand ils doivent faire pénitence. » Le verre de sherry apparut sur le comptoir et Pat fit : « Eh ben, qu'est-ce t'attends, vieux ? Qu'elle siffle pour le faire venir ? »

Brant s'en empara et, arrivé devant la table, lança lamentablement : « Salut ! »

Elle se mit à rire et dit : « Je vais avoir du mal à en placer une, je sens…

— Quoi ?

— Assieds-toi, gros ballot ! Je m'appelle Sheila. »

Au bout d'un moment, Pat approcha et dit : « J'ai perdu mon putain de briquet.

— Ton Zippo ?

— Ouais… Bordel à queue ! Y avait "1968" gravé dessus.

— T'as plus qu'à prier saint Antoine… » fit Sheila.

Et là, Brant demanda : « De quoi faire ? »

Pat et Sheila la trouvèrent excellente.

Il y a longtemps
que j'ai compris
que le dessein
du Tout-Puissant
est de me faire passer
un peu de temps avec les
représentants les plus bêtes
de l'espèce humaine

(Bill Bryson)

En découvrant le pub où son indic lui avait filé rencard, près de l'Oval, Falls se rappela la jolie formule de Karen Hall dans *L'Empreinte du diable* :

« *Si vous n'aviez pas d'arme en arrivant, on vous en fournissait une à l'entrée.* »

L'arrière-salle du Cricketers avait tout du bouge. Falls était la première. Elle adressa un signe de la tête au barman. Un gros type rougeaud qui arborait :

une chemise rouge

un jean rouge.

Elle résista à l'envie de lui lancer : « Salut, Red ! »

Il fit : « Z'êtes sûre de pas vous être trompée d'adresse ?

— Certaine.

— C'est juste que y a pas des masses de poules, dans notre clientèle. »

Des *poules* !

« En tout cas, dès qu'elles vont savoir l'ambiance d'enfer qu'il y a ici, je suis sûre que vous ne saurez plus où les mettre ! »

Leigh s'amena enfin et, l'air furieux, la propulsa illico vers une table du fond.

« Pourquoi vous lui causiez ? demanda-t-il.

— C'est interdit par le règlement ?

— Z'êtes censée éviter d'attirer l'attention.

— Difficile, vu qu'il n'y avait que lui et moi... J'aurais dû me cacher, c'est ça ?

— Les gens jasent, vous savez... »

Sur ce, il bondit sur ses pieds, alla dire un mot à Red et revint avec deux verres pleins d'un liquide verdâtre. Il en poussa un devant elle : « C'est du sirop de citron vert.

— Et qu'est-ce que je suis supposée en faire, exactement ? »

Leigh était de plus en plus nerveux. « C'est pour nous servir de couverture.

— Ah ! je vois ! On se planque derrière...

— Jamais M. Brant m'aurait fait ça, lui ! »

Falls sentit que la plaisanterie avait assez duré et qu'il était temps de faire claquer le fouet. « T'es pas une lumière, mais c'est pas grave. Le renseignement que je cherche est simple comme bonjour. Tu me le donnes et je m'en vais. Il y a un pyromane en provenance de Croydon qui vient de débarquer dans le secteur et j'ai besoin de savoir où il zone. »

Leigh se mit à faire tourner son verre. La couleur de son contenu ne s'améliora pas. « Vous feriez mieux de ne pas lui chercher des poux. C'est un sale type. »

Falls soupira et plaqua sa main sur le genou de Leigh. « Où ?

— Vous respectez pas les règles du jeu. Vous devez me les extorquer, les tuyaux. »

Elle le pinça sauvagement et il sursauta. « Il n'y a pas de règles et je ne joue pas, Leigh... *Où ?*

— À la salle de billard, à Elephant and Castle. Il se prend pour Paul Newman dans *L'Arnaqueur*... Il y passe ses journées. »

Elle desserra les doigts, farfouilla dans son sac et lui glissa un billet de vingt livres dans le creux de la main. Il protesta, indigné : « Qu'est-ce que vous voulez que je foute avec ça ? Y a même pas de quoi me payer une semaine d'électricité ! »

Elle sourit et dit : « Je ne sais pas, moi... Tu peux peut-être repasser ici, t'offrir encore quelques verres de ce truc... — oh ! désolée ! — de cette *couverture !* »

Elle sortit sans un mot ou un regard pour Red — ce qu'il attendait d'elle, apparemment…

Le mieux que le monde
des Blancs avait à m'offrir
ne recelait pas assez
d'extase pour moi.
Pas assez de vie, de joie,
de stimulants, de noirceur,
de musique ; pas assez
de nuit

(Jack Kerouac)

Tandis que Fenton se forçait à ne pas courir, il sentit l'adrénaline monter en lui, bien au-delà d'un simple *rush*. Une voix lui gueulait dans la tête : *« Tu l'as fait, bordel ! Tu l'as fait, tu l'as fait ! »* — et là, d'un coup, il sentit une main se poser sur son bras. L'incrédulité le fit tressaillir de tout son corps.

Chopé ? Déjà ?

Il fit volte-face. Devant lui se tenait un Black, dont la tête lui disait vaguement quelque chose. Le type lui fit : « Hé ! Tu m'dois un dolla' et demi, enfoi'é !

— Quoi ?

— L'aut' jou', dans la 'ue, conna'd ! Je t'ai filé une b'ochu'e su' la C.I.A...

— Ah ! Exact... J'ai cru que c'était gratuit.

— D'où tu so's, mec ? Y a 'ien de g'atos, dans la 'ue. »

Fenton plongea la main dans sa poche et lui tendit un billet de cinq dollars. Le gars se mit à gémir : « Qu'esse tu c'ois ? Tu t'figu'es p'têt' que j'ai la monnaie ? »

Fenton se marra et dit : « Garde tout, mon pote. T'auras qu'à t'offrir une bonne défonce…

— Tu m't'aites, mec ! Pou' qui tu m'p'ends ? »

Le Mutant éclata de rire et demanda : « C'est comme ça que vous dites, ici ? "Traiter" ? Qu'est-ce que vous allez sortir d'autre, après ça ? »

Coup de fil(et)

Le divisionnaire avait convoqué Roberts dans son bureau.

Ces entrevues n'étaient jamais franchement cordiales. La plupart du temps, ça présageait une engueulade. Quand Roberts entra, il trouva son supérieur en train de tremper un biscuit dans son thé.

« Vite, mon vieux, fermez la porte ! » lança Brown. Sans lui offrir ni une tasse de thé ni un siège, il attaqua : « Je viens de recevoir un coup de fil de l'autre côté de l'eau. »

« D'Irlande ?... De Brant ?... » se demanda Roberts. Non. Même Brant ne pouvait pas être bourré à ce point... Alors il fit, d'une voix neutre : « Oui, commissaire ?

— De Nou Yôôk. »

(Prononcé comme ça, histoire de prouver qu'il pouvait être un petit marrant ou simplement un vrai trouduc.) Il enchaîna : « Il y a eu un homicide — deux homicides — à San Francisco. »

Roberts se retint de lui demander : « *Seulement deux ?* »

Le divisionnaire chassa quelques miettes de son splendide uniforme et vida bruyamment sa tasse de thé. Est-ce qu'on peut mâcher du thé ? En tout cas, Brown se donnait un mal de chien pour le faire.

« La raison pour laquelle ils nous ont contactés, c'est que la femme est de Londres. » Il consulta ses notes. « Une dénommée… Stella Davis, ci-devant Stella Fenton. Ça vous dit quelque chose ?

— Ho-ho !

— C'est une réponse ?

— Ron Fenton, dit "le Mutant"… Il a fait ça à la batte de base-ball ? »

Brown fut dûment impressionné, encore qu'un tantinet vexé. Il fut forcé de reconsulter ses notes avant de confirmer : « Nom de Zeus ! C'est bien ça… Ils s'attendent à ce qu'il rentre en Angleterre, alors il faut alerter la police de l'air et des frontières.

— Très bien, commissaire. Comment ont-ils su que c'était lui ? Si vite, je veux dire…

— Il a laissé sa batte sur place. »

✝

Falls fut un rien surprise de constater que le tuyau de Leigh n'était pas crevé. Dans l'après-midi, elle alla à la salle de billard. Vers trois heures, par là, elle poussa la porte.

Elle s'était attendue à affronter un déluge de regards et de réflexions.

Une femme seule dans le dernier bastion 100 % mâle.

La seule femme *noire*.

Rien de tel ne se produisit, vu que l'endroit était désert.

La salle se situait au-dessus d'une boutique, dont l'enseigne proclamait AILLEUR POUR DAMES.

Ça la troubla jusqu'à ce qu'elle pige que le « T » initial s'était comme qui dirait taillé. Elle se lança à l'assaut des deux étages d'un escalier chichement éclairé en songeant que bientôt, vu son état, elle ne pourrait plus se permettre ce genre de choses. Ce bébé, pour elle, c'était plus que du bonheur. Ça confinait à l'extase.

Un bruit de chasse d'eau, et le suspect émergea d'une porte. Il n'eut pas l'air surpris de la trouver là. Il demanda : « On s'en fait une rapide ?

— Une autre fois. »

Il sourit : « Z'êtes venue toute seule comme une grande, aujourd'hui ?

— Je vais avoir besoin de renfort, vous croyez ? » Elle gardait délibérément un ton léger — que les relations restent cordiales et détendues —, relax, même.

Il posa ses mains à plat sur une table de billard : « Pas du tout, ma poule. »

Falls fit quelques pas vers lui. « Si vous pouviez me consacrer quelques instants pour m'accompagner au commissariat, afin de tirer au clair un petit problème… »

Il faisait rouler les boules de billard d'une main nonchalante. Il s'exclama : « Hein ? Là, tout de suite ?

— Si ça ne vous fait rien. Ça nous aiderait énormément. »

Il avait la boule noire sous la main. Ses doigts se refermèrent dessus. « Vous parlez vachement bien pour une Négresse. Presque comme une nana blanche. C'est ça votre rêve, hein ? Être blanche ? »

Elle prit une profonde inspiration.

Il se mit à gueuler : « La noire dans le trou du milieu, à droite ! » et lui balança la boule à la figure. Falls la prit de plein fouet, juste au milieu du front. Elle recula en trébuchant et sentit ses genoux la trahir. Il l'empoigna par les cheveux en disant : « J'arrête pas de leur répéter qu'il faut sortir les ordures ! »

Il la traîna de l'autre côté des portes battantes, s'arrêta, et la balança dans l'escalier en hurlant : « Chaud devant ! Une Black à dégager ! »

« Yada Yada », ou quelque chose comme ça

(Melanie)

Brant était attablé au GBC, un restaurant du centre de Galway. L'endroit possédait l'esprit et toutes les qualités d'un bon routier – portions copieuses, bonne bouffe, pas cher et sympa. Brant s'y trouvait bien.

Une serveuse vint lui demander : « Vous êtes seul ?

– Quoi ?… Oui… euh, non… J'attends mon cousin. »

Il se ressaisit et se dit : « Qu'est-ce que je fous ? Putain, je vais lui donner ma taille de chaussettes, si ça continue… »

Il lui décocha un sourire penaud, et elle fit : « Oh ! ben, je suis bien contente pour vous ! »

Que répondre à ça ?

Brant repensa à sa nuit avec Sheila. Elle avait un petit logement, près du canal, et ils n'y étaient pas plus tôt entrés qu'elle lui avait sauté dessus et lui avait joué la chevauchée sauvage. Après, tandis qu'il gisait pantelant sur le plancher, il s'était exclamé : « Wow ! Les travaux d'Hercule, c'était rien à côté de ça !

— Tu veux dire que c'est tout ?

— Putain, Sheila... — un coup et je suis bon pour aller me coucher, moi ! »

Elle lui avait enfoncé son coude dans les côtes. « Non, mais qu'est-ce que tu me chantes là ? Deux misérables petites giclées et tu jettes l'éponge ? Je vais te faire rugir jusqu'à l'aube, moi ! »

Elle l'avait fait, jusqu'à l'aube comme promis. Il avait fini par lui crier : « Je te donnerai tout l'argent que tu veux, si tu me promets de ne plus toucher à ma queue ! »

Elle avait éclaté de rire et lui avait illico regrimpé dessus. Quand enfin elle avait fait signe qu'elle avait son content, il s'était péniblement hissé sur ses pieds et était sorti de chez elle en titubant, aussi vite qu'il l'avait pu.

Pat arriva. « Ah ! t'es là ! Y a Sheila qui te cherche... »

Voyant l'effroi se peindre sur son visage, il ajouta : « C'était une blague. Elle est pas du feu de Dieu, cette bonne femme ?

— Du feu de Dieu ?

— Elle est veuve, tu sais.

— Ça, j'ai pas de mal à le croire ! Ce qui me sidère, c'est qu'on la laisse en liberté. »

À travers la salle, Pat lança : « Mary ! Apporte-nous donc une tasse de thé et un pain aux raisins, tu seras gentille. » Il s'assit et dit : « Alors, ça y est, tu nous quittes, là ?

— Ouais. Les collègues locaux vont me descendre à Shannon en voiture. Me reconduire à la frontière, disons… »

Pat avait l'air triste. « Ça va me faire quelque chose de te voir partir. »

Brant plongea la main dans sa poche, en tira un petit paquet-cadeau sur lequel s'étalait en lettres dorées : WILLIAM FALLER. « Je savais pas trop quoi t'offrir d'autre… »

Pat ouvrit le paquet et il en tomba un magnifique Zippo plaqué or. Il le retourna. Un mot y était gravé : « Pateen ». Pat fit : « Çui-là, je vais faire bien attention à ne pas le perdre.

— Dans le sud-est de Londres, on n'est pas très portés sur les embrassades et tout ça, alors je… »

Pat se leva et le serra sur son cœur avec une poigne que Sheila lui aurait enviée. « Prends bien soin de toi, mon petit Brant. »

Tandis qu'il roulait vers Shannon, Brant sortit une cigarette et l'alluma avec un Zippo. Son pouce couvrait presque le « 1968 » gravé dessus.

Tout ange est terrible

(R. M. Rilke)

Quelque part dans le Pacifique, une dépression tropicale venait de naître. Elle se dirigeait vers le Mexique et visait tout spécialement Acapulco. Sous peu, dès qu'elle aurait crû en vigueur, en vitesse et en violence, elle serait promue cyclone et, bien sûr, serait baptisée. Et, comme d'habitude, malgré les protestations des féministes, elle recevrait un prénom féminin. « Pauline », en l'occurrence. Les Mexicains ne seraient pas près de l'oublier.

Le président Ernesto Zedillo avait reçu l'assurance qu'il n'y avait pas lieu de s'inquiéter et que oui, il pouvait sans problème se rendre en Allemagne comme prévu.

Il le fit.

Le bilan en vies humaines serait catastrophique et il en résulterait une crise politique majeure.

Fenton monta à bord de son avion et se dit qu'il devrait au moins s'offrir un de ces chapeaux si populaires dans les stations balnéaires britanniques, avec KISS ME QUICK écrit dessus.

Ça lui rappela un navet qu'avait tourné Elvis avec Ann-Margret ou une de ces petites starlettes stéréotypées qui étaient les partenaires habituelles du King… toutes avec ce qu'il fallait où il fallait… Comment il s'appelait déjà, ce foutu film ?

Au moment où le signal « Attachez vos ceintures » s'allumait, juste avant le décollage, ça lui revint et il marmonna : « *L'Idole d'Acapulco* ».

Le problème, ça allait être de se sortir cet air à la con de la tête, maintenant qu'il lui collait à la mémoire comme du muesli vieux de deux jours.

Le brun remplace le noir

(Guide de la mode à Londres)

Nancy D'Agostino avait accepté la mission contrainte et forcée. À tous les coups, elle allait devoir servir de boniche et de nounou à un *bobby* anglais. Elle le voyait d'ici : la pipe au bec et affublé d'un de ces ignobles impers mastic « London Fog »...

D'Agostino avait quelque chose de Nancy Allen. Vous vous souvenez ? Cette fille hypermignonne, qui avait épousé John Carpenter avant qu'il perde son coup de patte et que Wes Craven reprenne le flambeau du film d'horreur. Elle avait été craquante dans *Carrie* et a commencé à se gâcher à partir de *The Philadelphia Experiment*.

Nancy brandissait sa pancarte — SERGENT BRANT DE LONDRES —, sûre que même un flic londonien aurait l'œil attiré.

Comme Brant émergeait du contrôle de l'Immigration, en pull d'Aran et pantalon de serge bleue, il repéra Nancy et la vit sourire. Il se dit : « Putain ! C'est pas vrai ! Je vais me faire une nana de ce côté-ci de l'Atlantique aussi ! »

« Misère ! On dirait un des Clancy Brothers[1] ! » se dit Nancy à la même seconde.

Brant jeta un regard circulaire dans l'aérogare. « Vingt dieux ! Y en a du peuple, ici ! »

Nancy sortit sa carte de police. « Sergent D'Agostino, NYPD. Je suis chargée de vous servir de guide et de facilitatrice pendant votre séjour à New York.

— Fa-quoi ? »

Elle prit une profonde inspiration, mais avant qu'elle ait pu prononcer un mot, il lui allongea une petite tape sur la cuisse en lui lançant : « Décoince-toi, ma poule ! Où est le bar ? » Sur ce, il sortit son paquet de clopes.

Elle leva les mains. « C'est une zone NON-FUMEURS, ici ! »

Il la regarda dans le blanc de l'œil et fit rouler la molette d'un vieux Zippo. « On est des flics, oui ou merde ?

— Eh bien, oui, mais…

— Alors, qu'ils aillent se faire mettre ! Allons nous jeter une petite mousse. »

1. Groupe « folk » formé par les trois frères Clancy et le chanteur Tommy Makem à la fin des années cinquante. Il fut le pionnier du renouveau de la musique traditionnelle irlandaise.

Le bar de JFK est une excellente introduction à New York. Le personnel est :

grossier

débordé

hargneux.

Brant et Nancy poireautaient en vain depuis cinq bonnes minutes devant le bar. Elle proposa : « Allons plutôt à Manhattan. Vous prendrez une bière bien fraîche à votre hôtel. »

Brant lui décocha son sourire diabolique et rugit : « Ho ! Elvis ! Tu nous sers, mec ? Et avant la fête du Travail, vu ? »

Nancy réprima un sourire — il sonnait tellement « Nou Yôôk »... Le barman s'enquit : « Vous voulez quoi ?

— Deux bières.

— Locales ou import ? »

Brant se pencha par-dessus le comptoir, sans quitter son sourire, et regarda le mec sous le nez. « Oh ! vérole ! Le fil dentaire, tu connais pas, apparemment... Apporte-nous deux bières — fortes — et fissa. »

Nancy lui demanda : « Ce n'est pas la première fois que vous venez aux États-Unis, si ? »

Il plongea la main dans sa poche et lui colla un petit bouquin sous le nez : *New York pour les Nuls — Comment être plus mufle que les autochtones*, de P. Catherine Kennedy.

Brant lui demanda : « Avec ou sans verre ? » et s'envoya une lampée de bière au goulot.

« Comme si j'avais le choix… » fit-elle.

Il ébouriffa son brushing impeccable. « Je crois que t'es exactement mon genre. »

Debout, les Zouzous

Dans les fins fonds d'un no woman's land indéfinissable, Falls tenta de se réveiller. Elle se savait toute proche de la conscience, mais elle était incapable de faire le moindre pas vers elle. Ses projets concernant le bébé, la façon dont ils se blottiraient ensemble sur le canapé pour regarder la télé… Il lui semblait que si elle réussissait à retrouver les noms des Télétubbies, elle pourrait refaire surface. Tinky-Winky. O.K. ! ça en fait un ! C'est le bleu, celui-là. Et y a aussi… Dipsy. Lui, c'est le vert. C'est ça… Deux coup sur coup, elle était en veine, là ! La jaune, maintenant… c'était quoi le nom de ce petit bout de zan ?… Dada ? Non, mais c'était presque ça… Laa-Laa ! Ouais ! Plus qu'un… La petite rouge… Celle qui avait le nom le plus simple. Elle l'avait sur le bout de la mémoire, mais elle se sentit reglisser dans le coaltar. Avec une indicible horreur, elle oublia ce dont elle essayait de se souvenir, vit une météorite noire lui foncer dessus en tournoyant et essaya de crier… Pollux… *Le Manège ench…*

Et son esprit se referma.

✝

Une radio marchait en sourdine quelque part dans le service. Rosie croisa les doigts pour que Falls soit hors d'état d'entendre la chanson qui passait — *An Angel Broke my Heart*, par Tony Braxton et Kenny G.

Misère !

Elle était assise au chevet de sa copine, tenant sa main dans la sienne. L'infirmière entra, et fit des trucs d'infirmière, genre regonfler l'oreiller, regarder sa montre et soupirer.

Rosie demanda : « Elle va bientôt se réveiller, vous pensez ?

— Il vaudrait mieux vous adresser au médecin qui la suit, pour ça.

— Qu'est-ce que je peux faire ?

— Parlez avec elle.

— Elle m'entend, là ?… Ou bien est-ce que, ça aussi, je dois le demander à son médecin ? »

L'infirmière se fendit de son sourire professionnel, débordant :

de compréhension

d'indulgence

et d'un petit soupçon de mépris.

« Parlez-lui comme vous le feriez en temps normal. »

Une fois l'infirmière repartie, Rosie marmonna : « Sale conne », puis s'éclaircit la voix, aussi empruntée que si elle s'apprêtait à s'enregistrer. Elle commença, d'une voix hésitante : « Alors, cocotte... ? – oh ! merde ! j'ai failli te demander comment ça allait... »

Elle jeta un regard autour d'elle, histoire de vérifier si quelqu'un avait remarqué sa gaffe, et enchaîna : « Qu'est-ce que je disais, déjà ?... Je t'ai jamais vraiment raconté la fin de mon voyage à Goa, en fait... Alors voilà... Figure-toi que Jack faisait une vraie fixation sur les sanitaires, or, il ne voyait de tuyaux nulle part... Moi ?... Oh ! moi, la seule chose qui m'intéresse, c'est que ça marche et surtout, de grâce, qu'on m'épargne les détails techniques. Et voilà qu'un jour, y a quelqu'un qui lance : “Vous avez remarqué tous ces cochons ?” Il y en avait une de ces quantités ! – et gras, avec ça... (Rosie poussa un couinement suraigu.) T'as deviné ! Si c'est pas dégoûtant ? Je ne suis pas près de remanger un sandwich au bacon, j'aime mieux te dire ! »

Et là, d'un coup, Rosie sentit la faim lui tirailler l'estomac. Elle était en plein dans un énième régime. Le régime « T », cette fois.

T comme Torture.

Elle aurait volontiers fait un sort à un toast d'un bon doigt d'épaisseur, tartiné d'une couche obscène de beurre, le tout recouvert de marmelade d'oranges. Elle se jetterait dessus si voracement que le beurre et la confiote lui en dégoulineraient sur le menton… Et pour faire descendre tout ça, un bon thé bien sucré.

Oooh !

De nouveau, elle sentit les larmes lui monter aux yeux pour Falls, pour elle, et pour la liberté de se goinfrer de féculents, de sucres et de graisses animales. Elle se ressaisit : « Y a une chose qu'il faut que je t'avoue, cocotte. Je te l'aurais jamais dit, mais j'avais un sacré béguin pour ton jules. Pas que j'aurais jamais… tu me comprends… mais, y a pas, il avait quelque chose. Oh ! ce joli petit cul !… mais c'était surtout son regard intense qui me chavirait. Chaque fois, j'avais l'impression qu'il me sondait jusqu'au fond de l'âme. C'est débile, non ? Il me faisait me sentir tellement transparente que je devais détourner les yeux. »

Falls remua légèrement et Rosie sursauta. Mais ce n'était qu'un mouvement réflexe, et Falls retomba dans le néant. Rosie resta là, à lui tenir la main.

✞

Roberts commençait à user le lino devant le bureau du divisionnaire. Comme d'habitude, il se prenait un savon. Brown lui colla sur le dos les habituels dysfonctionnements du service, puis demanda : « Qu'est-ce que c'est que cette histoire de canards ? »

L'espace d'un instant, Roberts crut avoir entendu : « Qu'est-ce que c'est que cette histoire de canards ? » et se demanda si les rayons ne commençaient pas à lui ramollir le cerveau. Il fit : « Je vous demande pardon ?

– Les canards de Hyde Park... Un dingue en a décapité cinq. »

Roberts résista de justesse à la tentation de lui lancer : « Ce n'est pas dans nos eaux territoriales », et demanda à la place : « En quoi cela nous concerne-t-il, commissaire ?

– En quoi ? Je vais vous le dire, moi, en quoi... Les têtes ont été déposées dans la boîte aux lettres du directeur de la police, à son domicile personnel, à Clapham. Qu'est-ce que vous dites de ça ? »

De nouveau, le démon de la perversité susurra à l'oreille de Roberts – « Ça casse pas trois pattes à un canard » – mais sans attendre sa réponse, Brown se remit à fulminer : « Quant à l'agent... Forbes...

– Falls, commissaire.

– Hein ?

– Elle s'appelle *Falls*, commissaire.

– Pas d'impertinence avec moi, je vous le conseille, inspecteur ! Est-ce qu'on peut espérer appréhender le ou les coupables ou bien est-ce qu'ils ont, comme tout le monde, suivi la vague migratoire vers l'Ouest ? »

Roberts trouva la formule assez spirituelle, venant de Brown – et probablement exacte –, mais il répondit : « L'enquête progresse. Nous sommes sur une piste prometteuse. »

Le divisionnaire jaillit de sa chaise et lui hurla : « En d'autres termes, on nage dans le brouillard ! »

Sauf que Roberts tenait réellement une piste plus que prometteuse. Retrouvant le plus vieux réflexe policier du monde, il était remonté aux sources et avait contacté ses collègues de Croydon. Comme il s'y attendait, le suspect s'était replié sur sa base arrière. Qu'un type puisse aller chercher refuge à Croydon prouvait à quel point il était aux abois. Le bruit s'était répandu dans le commissariat qu'on savait où le trouver. Roberts s'était retrouvé assiégé de flics piaffant d'impatience, qui espéraient tous faire partie de l'expédition. Mais pour Roberts, il n'en était pas question.

Devant le commissariat, une Volvo attendait, moteur tournant, portière ouverte. Roberts jeta un coup d'œil à l'intérieur.

« Z'êtes dégourdi, vous, je dois avouer… »

Le flic au volant, un grand blond dans les vingt-cinq ans, sourit et lança : « Croydon ? »

Roberts s'installa à côté de lui. « C'est quoi votre nom ?

— McDonald, patron.

— Manquait plus que ça ! Un fieffé Écossais ! Épargnez-moi le numéro à la Billy Connolly[1], d'accord ? »

McDonald passa la première et demanda, d'une voix neutre : « Billy qui ?

— Bravo, petit. Vous irez loin ! »

Elgin Lane — aucun rapport avec les célèbres marbres du même nom[2] — est une rareté, dans ce coin de Londres : elle est bordée d'arbres et de bas-côtés gazonnés, et fourmille de Grecs.

McDonald se gara et Roberts fit : « C'est au 9. »

Ils mirent pied à terre et, d'un pas nonchalant, se dirigèrent vers l'immeuble. À la porte s'alignait une rangée de boutons de sonnette étiquetés Zacharopoulos, Yoganopoulos, Rastapopoulos…

1. Fantaisiste originaire de Glasgow, célèbre pour son humour au vitriol et sa grossièreté. Une sorte de Coluche écossais.

2. *The Elgin Marbles* : frise de marbre représentant les Panathénées, provenant du Parthénon d'Athènes, qui fut achetée par lord Elgin en 1803. Elle est déposée au British Museum.

Texto. Seule exception : un bouton, sans nom, indiquant juste « RdC ». Roberts dit : « Servez-vous de ce qu'on vous a appris pendant votre formation, et devinez lequel est notre homme. »

La porte était entrebâillée. Ils entrèrent et repérèrent le logement de « RdC ». Roberts fit : « Tsstt ! Tsstt ! Pas de verrou de sécurité. Juste un bon vieux Yale des familles… Combien vous pesez, McDonald ?

— Combien je pèse ?

— C'est pourtant pas sorcier, comme question !

— Quatre-vingt-dix-huit kilos.

— Eh ben, alors ? C'est pas la porte qui va venir à vous…

— Aaaah !

— Exactement. »

McDonald recula jusqu'au mur opposé pour prendre son élan, mais avant qu'il ait pu charger, une jeune femme apparut dans l'escalier, décocha un sourire éclatant à Roberts et lança : « *Kalimera !* »

Roberts marmonna : « Comme vous dites » et, sitôt la fille sortie, ajouta : « Doit bien y avoir un mot en grec pour dire ça… Alors, petit, vous comptez rester à vous croiser les bras jusqu'à demain ? »

McDonald n'en avait apparemment pas l'intention. Il s'élança et, dans sa charge, emporta non seulement la porte, mais tout le chambranle en prime.

Roberts poussa un petit sifflement appréciateur. « À quoi on les nourrit, les bleus ? » Et le suivit à l'intérieur.

Les deux hommes s'empilèrent dans un petit couloir — et firent de leur mieux pour appliquer la tactique Sweeney : gueuler comme des veaux, faire de gros bruits de godillots et terroriser tous les occupants des lieux...

Le suspect était étalé sur un grand plumard, vaguement entortillé dans un drap, mais sinon, à poil. Un épais nuage de fumée à vous filer la gueule de joint le rendait quasi invisible. Malgré le raffut, il ne bougea pas.

« C'est quoi, cette drôle d'odeur ? s'enquit Roberts.

— Du hasch, patron.

— Effectivement, il a l'air H.S... Allez me chercher de la flotte. *Bien* froide.

— À vos ordres, patron. »

McDonald réapparut bientôt, armé d'une grande bassine. Il en montait un petit cliquetis. « *On the rocks*, patron !

— Parfait. Le directeur de la police fermera les yeux. »

Ça, McDonald s'en doutait déjà. « J'y vais, patron ?

— Le ratez pas, petit. »

McDonald fit décrire un arc de cercle, vers l'arrière et vers le haut, à sa bassine et, d'un coup sec, balança son contenu sur le dormeur.

Chplaff !

Un rugissement de fauve s'éleva du lit et le suspect se dressa d'un bond en gueulant : « Qu'est-ce qui se passe, bordel ? »

Roberts lança : « Debout ! On ouvre grand ses petits yeux ! » et adressa un signe de tête à McDonald. Ce dernier fonça vers le lit, chopa le suspect par sa tignasse, le retourna sur le ventre comme une crêpe et lui passa les menottes. Une pause, puis, la paume bien à plat, il lui asséna une claque magistrale sur le cul.

Roberts eut un petit rire de gorge appréciateur et le suspect se tordit le cou pour le regarder. S'il faisait dans son absence de froc, il cachait bien son jeu. « Elle est où, la pute noire, hein ? Elle fait plus les visites à domicile ? »

De nouveau, McDonald leva une main menaçante, mais Roberts lui fit non de la tête. Enhardi, le suspect les nargua : « Pourquoi z'êtes là, à propos ? J'ai pas payé ma redevance, c'est ça ? »

Roberts tourna les yeux vers le poste de télévision et, d'un geste négligent, l'envoya s'écraser par terre. « T'inquiète, t'as pas la télé... O.K. ! Allons-y ! »

McDonald mit le suspect sur ses pieds, lui jeta une couvrante sur le dos et le propulsa vers la porte.

« Ho ! Laissez-moi prendre mon tamagotchi ! »

Roberts écarquilla les yeux. « T'as envie de te taper un petit sushi, c'est ça ? »

McDonald réprima un ricanement. « C'est un jouet, patron. Un animal de compagnie virtuel. »

Le suspect jeta un regard presque amical à McDonald, comme s'il venait de se trouver un allié, et lança : « Exact, mon pote. Même que j'essaie de battre le record. Ça fait déjà vingt jours que je le maintiens en vie.

— Où il est ? » demanda Roberts.

Le suspect semblait soudain complètement réveillé. « Sous mon oreiller. Faut toujours l'avoir près de soi — sans ça, i' s'ennuie. »

Roberts regarda McDonald : « Eh bien, agent McDonald ! Vous savez quoi faire… »

McDonald alla récupérer le tamagotchi et l'examina brièvement. « Passe-le-moi, mec », lui dit le suspect.

McDonald laissa le petit œuf plat tomber par terre, puis leva le pied et l'écrasa d'un coup de talon.

Un hurlement de désespoir s'éleva.

Roberts sentit qu'il venait de trouver un remplaçant à Brant.

Un des faits les plus troublants
qui soit ressorti du procès
Eichmann est que le psychiatre
qui l'a examiné l'a déclaré
parfaitement sain d'esprit.
Nous pensons que la santé mentale
va de pair avec le sens de la justice,
l'humanité et la capacité d'aimer
et de comprendre notre prochain.
Nous faisons confiance
aux gens sains d'esprit.
Mais désormais, nous commençons
à prendre conscience
que ce sont justement eux
les plus dangereux

(Thomas Merton)

Fenton trouvait le Mexique génial. Enfin… il trouvait Acapulco génial, parce que l'endroit était « chaud » et sordide à souhait. Et pour y faire chaud, il y faisait chaud !

Dès le début de la matinée, la température se mettait à monter et vous sautait à la figure.

Et elle avait un sacré punch.

Il était descendu au El Acapulco. (Costaud, le mec qui avait eu l'idée d'appeler l'hôtel comme ça ! Ce *El*… Rien à dire.)

Étendu sur un transat au bord de la piscine, il fit signe au serveur.

« Si, señor ? »

Le pied ! Comme d'être dans un film de John Wayne. Le vocabulaire espagnol de Fenton était riche de dix mots, à tout casser. Il décida de se fendre de quelques-uns. Il fit un test : « Donde esta la Rio Grande ?

— Señor ?

— Je te faisais marcher, hombre. » Il leva deux doigts et fit : « Dos Don Equis.

— Si, señor. »

Fenton s'étira et entreprit de relire sa dernière œuvre.

SILHOUETTES

Si aigu l'espoir naissant — un éclair
solitaire sur ton visage
cette nuit-là — le passé, t'en souvient-il ?
s'inscrivit la terreur
silhouettes
ceci seul justifié

Exactement. C'était exactement ça.

Une fois, il avait entendu une interview de

David Bowie. L'homme-araignée y avait révélé sa technique : une fois son texte écrit, il le découpait aux ciseaux, vers par vers, et balançait tout par terre. Après, il ramassait les bouts de papier au hasard, et la chanson était faite…

Sa commande arriva — plateau d'argent et tout le tralala. Le serveur s'apprêtait à lui verser sa bière dans un verre, mais Fenton gueula : « Putain, José ! surtout pas ! Chicano de mes deux ! Tu connais rien à rien, alors, connard de bronzé ? »

Fenton avait noté le passage du verre à la bouteille : plus personne ne buvait dans un verre. On se prenait sa canette par le goulot et on lampait sa bière à même la bouteille. Cool.

Un truc de frimeurs.

D'accord, mais qu'est-ce que ça foutait ? Il pouvait bien devenir un peu cool. En plus, il ne se lassait pas de la façon dont la buée dégoulinait le long de la bouteille, comme des larmes.

Il regarda le serveur qui restait planté, perplexe, et lui lança : « Yo ! José ! Faut suivre, mec ! Bamous, cabaléro ! » Il partit d'un grand rire. Oh ! putain ! ce qu'il s'éclatait !

Le serveur, dont le nom était Gomez, regagna le bar et dit : « Ce *gringo* aurait bien besoin d'être apprivoisé. »

En fait, en traduisant très large, *gringo* veut presque dire « Mutant »…

Et pendant ce temps-là, le cyclone tropical Pauline approchait.

My kind of town

(*Ol' Blue Eyes*[1])

La chambre que Nancy D'Agostino avait réservée pour Brant était dans Kips Bay, sur la 33e East. « Redites-moi ça, dit-il en la regardant.

— 33e East ?

— Mais non, bordel, avant !

— Oh !… Kips Bay.

— Rien à foutre, ma poulette. C'est au Village que je vais.

— Mais, c'est le NYPD qui a fait la réservation. »

Brant lui adressa son plus beau sourire. « Ah oui, eh ben, moi, le NYPD, j'l'emmerde ! C'est au Village que je veux crécher, dans un YMCA. »

En cherchant une sortie sur l'autoroute, Nancy se disait : « Ç'aurait pû être pire… S'il avait craqué pour le Bronx, on serait pas sortis de l'auberge. »

1. *My Kind of Town* : chanson tirée d'un album de Frank Sinatra (*Ol' Blue Eyes*). La ville en question est Chicago.

Brant la regardait conduire : « C'est une automatique ? demanda-t-il.

— Oui.

— Levier de vitesse au volant ?

— Quoi ?

— Quatre roues motrices ? »

Elle lui lança un coup d'œil et il lui mit une claque sur le genou. « Allez, j'te fais marcher, bichette. »

Elle serra les dents. « Écoutez, moi, je suis inspecteur à la criminelle. Vous avez la moindre notion de ce qu'il faut pour devenir inspecteur, pour avoir cet insigne ?

— Une belle paire de nichons, non ? »

Miss Sparadrap — alias Josie O'Brien, maintenant — était incarcérée chez les psychos. « Pourquoi ? » demanda Brant.

Nancy lui donna la réponse officielle : « Prévention antisuicide. »

Brant grogna méchamment : « Mais, c'est les autres qu'elle tue — y a pas de danger qu'elle s'en prenne à elle-même. »

Nancy acquiesça, mais continua : « Elle a quand même vu son copain se faire exploser la figure. En plus, il a fallu qu'elle implore pour avoir la vie sauve… Elle risque de faire une dépression. »

Brant secoua la tête : « Bon, d'accord… J'peux la voir ? »

L'incarcération lui avait réussi. Sortie de la rue, lavée, bien nourrie, elle était méconnaissable. Ses cheveux blond sale avaient de l'éclat, comme après un balayage. Son visage auparavant couvert de croûtes et creusé par la fatigue rutilait de propreté. Elle avait l'œil pétillant.

Avant d'entrer dans la pièce, Brant se tourna vers Nancy : « Ben, où vous allez, vous ?

— Il faut que je sois présente. C'est le…

— Règlement… Vérole ! Pouvez pas changer de disque ? Écoutez, moi je vous paie à dîner si vous vous barrez dix minutes. »

Persuadée qu'elle savait s'y prendre avec Brant, Nancy lui demanda : « Popeye Doyle[1], ça vous dit quelque chose ?

— Que dalle.

— Ça ne m'étonne pas. Mais comprenez-moi bien : je ne vous lâcherai pas. »

Brant décida de laisser pisser. « Sale garce ! » se dit-il.

Quand il entra dans la salle, Josie avait l'air presque intimidée. La dernière fois qu'ils

1. Dans *French Connection* (William Friedkin, 1971), Gene Hackman joue le rôle de l'inspecteur Popeye Doyle, qui porte un petit chapeau en tweed, genre « tyrolien citadin ».

s'étaient vus, c'était quand le copain de Josie lui avait filé un coup de poignard. « Salut », fit-elle.

Sans répondre, il s'assit sur la chaise de l'autre côté de la table. Le gardien lança un regard interrogateur à Nancy : « C'est quoi ce travail ? » semblait-il dire.

Elle n'en avait aucune idée.

Quand Brant mit la main à sa poche, tout le monde tressaillit. Il sortit ses Weights et son Zippo, qu'il posa sur la table.

« Vous êtes dans un espace non-fumeurs », dit le gardien, comme s'il venait juste de remarquer sa présence.

Brant lui lança un regard incisif. « J't'emmerde. »

Nancy fit signe au gardien : « Vous énervez pas. » Il essaya.

Brant tapota son paquet de cigarettes. « T'en veux une ?

— Oh ! oui, s'il vous plaît. »

Il secoua le paquet, en sortit deux, et Josie se servit. En activant le briquet, il lui saisit le poignet et lui colla la flamme près du visage : « Pourquoi tu l'as buté, le jeune flic ? » demanda-t-il.

Si Josie avait la pétoche, elle ne le montra pas. « File-moi une tasse de thé, connard. »

Brant la lâcha. « Elle est sous quoi ? » demanda-t-il.

Nancy regarda le gardien. « Méthadone. »

Brant haussa les épaules. « Pourquoi tu veux rentrer à Londres ? demanda-t-il.

– J'ai le mal du pays. »

Il éclata de rire. « Je vais être dans une mini-série, enchaîna-t-elle, avec Winona Ryder dans mon rôle. D'ailleurs, je laisserai sans doute Brad Pitt jouer celui de Mick », ajouta-t-elle.

Brant entra dans le jeu. « La gloire, hein ?

– Et puis j'ai un agent.

– T'as une putain d'imagination, oui ! Seulement toi, tu vois, c'est destination Holloway, pas Hollywood. Des étoiles, t'en verras pas beaucoup, sauf quand les gouines t'écraseront la gueule contre les barreaux. »

Josie se tourna vers Nancy, paniquée. « Dites-lui de la fermer. »

Brant se leva : « Quand est-ce que je peux l'emmener ? »

Nancy consulta ses documents. « Comme elle a renoncé à toute procédure d'extradition, après-demain, je suppose. »

Brant regarda Josie. « Qu'esse t'en penses, hein ? Ça te dirait, de monter en l'air avec moi ? »

Reprenant du poil de la bête, Josie cracha : « J'en ai monté des pires. »

Ravi, Brant répondit : « Alors là, y a pas photo ! »

En revenant au poste, Nancy regarda s'il y avait des messages sur son bureau. « Je peux passer un coup de fil ? demanda Brant.

— Bien sûr. »

Il lui fallut un certain temps pour obtenir Roberts. Tout le commissariat était suspendu à son accent si londonien, si fort et si prenant. Et teeeeeeellement anglais !

« C'est vous, patron ?

— Oui.

— C'est moi, Brant, j'suis à New York.

— Alors, ça vous plaît ?

— J'ai vu la Miss Sparadrap. C'est quèque chose !

— Des problèmes ?

— Naaan. Et le Mutant, y a du neuf ? »

Roberts savait qu'il fallait y aller avec des pincettes. Prendre une tangente. Juste à ce moment-là, une radio se mit à hurler à pleins tubes. *Don't Blame It On Me* par Stevie Nicks. Nancy alla l'éteindre.

« L'ex de Fenton s'est fait descendre », dit Roberts.

Brant prit une profonde inspiration : « Ah ! il l'a fait. Il l'a eue, ce fils de pute.

— On l'a perdu de vue depuis un petit bout de temps. Filé sans laisser d'adresse.

— Tiens donc !

— Et Falls est partie à la recherche du pyromane.

— Toute seule, comme une grande ?

— J'ai bien peur que oui.

— Et… elle va bien ? »

L'heure du mensonge… : « Oui. »

Brant goûta la réponse un instant et décida de s'en contenter.

« Et l'aut' pété ? Vous l'avez pris ? » demanda-t-il. Ce que les flics comprirent comme : « Et l'aut' pédé, vous l'avez pris ? » Ils adorèrent. Dans les bars à flics de Manhattan, la phrase connut l'éphémère renommée d'une blague dans le vent.

Roberts décida de se la jouer modeste et répondit : « Oui, on l'a eu.

— Qui ça, "on" ?

— Ben… McDonald… »

Brant eut un petit rire. « Et tout l'honneur sera pour vous, j'imagine. »

Rien à redire, si ?

Avant que Roberts puisse trouver une parade, Brant enchaîna : « C'est pas tout ça, y en a qu'ont du boulot, ici. »

Et il raccrocha.

Nancy emmena Brant dans un Choc Full O'Nuts. Elle se commanda un double *latte* décaféiné et lança à Brant un regard interrogateur.

« Punaise ! dit-il, pour moi, ce sera un p'tit noir, comme d'hab'. »

La serveuse et Nancy échangèrent un regard éloquent : « Allez, c'est un Anglais… » Qui, au moins, n'avait pas demandé de thé.

Brant prit son accent le plus hollywoodien : « Tu vas me passer ton insigne et ton arme.

— Quoi ?

— Montre-les voir. »

D'un air soupçonneux, elle sortit son insigne de police bleu et or.

« On dirait du fer-blanc, dit-il.

— C'est du fer-blanc.

— Nous, on a juste une carte de police… ça fait pas le même effet. Et ton bijou ? ajouta-t-il, d'un air concupiscent.

— Alors, vous, je ne vous comprendrai jamais ! s'exclama-t-elle.

— Oh ! surtout, t'emmerde pas avec ça. Alors, qu'est-ce que tu trimbales ? Un joli p'tit joujou à crosse en nacre ? » Quand le café arriva, Brant reluqua le double *latte* avec stupéfaction. « Eh ben, dis donc ! On dirait un cappuccino avec un ego surdimensionné. »

Elle en avala une gorgée. « Mmmmm… J'ai un .38. »

Mais Brant était déjà passé à l'étape suivante : « C'est comment ton nom ?

— Ah ! mais, c'est pas vrai ! Vous ne pouvez pas rester tranquille une seconde ! Je m'appelle D'Agostino. »

Il savoura la réponse avant de poursuivre : « Et t'as des connexions ?

— Vous plaisantez ? Qu'est-ce que vous voulez dire ?

— Mais si ! tu vois très bien. Des connexions... Avec — comment qu'on dit maintenant ? — avec la pègre, la Famille, le syndicat du crime, quoi... »

Nancy secoua la tête. Il était vraiment indécrottable.

Elle tenta de changer de sujet : « Tenez, c'est la liste des endroits que vous devez avoir envie de visiter. »

Il lut :

Empire State Building

ONU

Gratte-ciel Chrysler

Statue de la Liberté

Macy's.

« C'est quoi, ces pièges à cons ? demanda-t-il.

— Des endroits qui valent un coup d'œil.

— Laisse béton ! Moi, y a deux trucs qui m'intéressent : le Dakota Building et l'hôtel Chelsea.

— Et pourquoi ?

— C'est là que John Lennon a vécu et que Sid et Nancy ont crevé. En plus, c'est au Chelsea que Bob Dylan a écrit *Sad-Eyed of the Lowlands.* »

Intriguée par ce type, Nancy continua : « Mais est-ce que vous saviez que c'est au Dakota qu'ils ont tourné *Rosemary's Baby* ?

— Et alors, qu'esse j'en ai à foutre ? »

Nancy ne broncha pas, essayant d'éviter la déprime. Tout à coup, Brant fit volte-face : « Tu sais ce qui vaudrait vraiment le coup d'œil ?

— Aucune idée.

— Toi, mais à poil ! »

Le mari de Nancy D'Agostino était mort dans un accident de voiture.

Pas de chance pour lui.

Nancy avait survécu.

Pas de chance pour elle, disait-elle.

Quant à Brant, il avait une seule et unique passion : sa collection des bouquins d'Ed McBain. Dans l'ancienne édition Penguin verte, à 2 shillings 6 pence pièce. Sans compter les ouvrages publiés sous le nom d'Evan Hunter et la série des Matthew Hope. Il possédait la quasi-totalité des quatre-vingts volumes commis par McBain.

Sans qu'on sache bien pourquoi, il avait un faible pour le *police procedural*. Comme si, pour lui, les gars du 87e District étaient presque des flics modèles, son idéal. Lorsque Nancy lui avait demandé : « Est-ce qu'il y a quelque chose à quoi vous tenez particulièrement ? », il avait failli mentionner sa collection.

Seulement voilà : le duo Sparadrap – Josie et Mick Belton –, entré chez lui par effraction, avait vandalisé son appart' et saccagé sa collection. Ça avait été le début d'une chasse à l'homme qui s'était conclue par la mort du jeune policier et, à un cheveu près, par celle de Brant.

Il se dit en passant que toute cette histoire pourrait lui valoir un gros câlin de consolation, mais décida d'y renoncer.

Pour sa dernière soirée à New York, Nancy l'avait emmené au restaurant panoramique du World Trade Center. Dans l'ascenseur, il avait fulminé contre la pancarte ESPACE NON-FUMEURS. Une fois à table, Nancy s'exclama : « Quelle belle vue, vous ne trouvez pas ?

– Ce serait bien plus joli à travers un nuage de nicotine. »

Nancy commanda une soupe de poisson et Brant un steak. Bleu, bien saignant.

« Ce type, qui vous est rentré dedans tout à l'heure, c'était Ed McBain », dit-elle.

Elle n'en crut pas ses yeux : il sauta en l'air, comme si on lui enfonçait quelque chose dans le cul. « Tu rigoles ou quoi ? Ah ! vérole ! Merde… Et il est parti ? »

Tel que.

Une fois calmé, il secoua la tête : « Ed McBain… Nom de Dieu ! »

Nancy avala une gorgée de Tom Collins. « Ou alors, c'était peut-être Elmore Leonard. Je les confonds toujours, ces auteurs de romans policiers. »

Brant en eut la chique coupée. Il prit son paquet de Weights, en alluma une et exhala la fumée : « Arrrrrhhhhhhr. »

Évidemment, le maître d'hôtel rappliqua précipitamment, mais Nancy sortit son insigne.

« C'est le règlement », fit-il, nullement impressionné.

Brant lui sourit : « Eh, dis donc, bonhomme, ça te dirait qu'on aille en discuter dehors ? »

Non, manifestement, ça ne lui disait rien.

Après dîner, au pied de la tour, Nancy se demanda : « Bon, alors, et maintenant, qu'est-ce qu'on fait ? » Brant héla un cab et lui ouvrit la portière. Encore une fois, elle perdait les pédales. Brant, courtois ? Elle s'attendait à tout, sauf à ça. « Conduisez-moi cette dame chez elle », dit-il au chauffeur. Ils démarrèrent en trombe. Elle se retourna pour lui faire un signe de la main par la vitre arrière ou… Mais Brant contemplait déjà le World Trade Center.

Chasseur de têtes

Bill interviewait une série de tueurs. Enfin, de tueurs potentiels ou d'aspirants tueurs… Comme d'hab', il tenait boutique dans l'arrière-salle du Greyhound. Un bar de l'Oval, qui redore le blason de la profession tout entière. Depuis que Bill était le caïd du sud-est de Londres, il en avait fait son bureau.

Pour être un bon buteur, il faut être :

1. patient
2. calme
3. carrément impitoyable.

Il faut un dur qui n'ait jamais besoin de se faire mousser. Et inutile de vous renseigner sur sa réputation : elle l'a certainement précédé. Or, le bruit courait que Fenton, le Mutant, avait pété les plombs ou qu'il s'était tiré aux States. À Clapham, c'était du pareil au même pour les familiers des clubs (non, pas les clubs-discos ! Ceux qui vous éclatent le crâne).

Bill avait déjà vu quatre types. Tous jeunes et tous givrés. Du genre qui rêvait de voir sa photo en première page des tabloïds. Des stagiaires psychopathes et des apprentis sociopathes. Bref, des types à se faire remarquer. En sirotant sa Ballygowan gazeuse, Bill dit à un de ses anges gardiens : « Je regrette le bon vieux temps.

— Oui, patron ?

— Amène la caisse, on s'fait la malle.

— Quoi ? »

Il soupira. Avec tous ces truands russkis qui débarquaient dans le coin, il serait peut-être temps de se tirer sur la Costa Brava et d'écouter les albums de Phil Collins. Ou plutôt *son* album, vu qu'il a toujours enregistré le même…

« Patron, y a un aut' gars, lui dit son ange gardien.

— Ah bon ?

— Çui qu'est à côté de la pompe à cidre. »

Bill aperçut un type de vingt ans à peine, en blouson de cuir et jean délavé, baskets aux pieds. La panoplie du jeune citadin. Comme plus d'un demi-million dans son genre, qui glandaient dans le coin. Il n'avait rien de remarquable : un sacré plus.

« Envoie-le par ici », fit Bill.

Le gars s'approcha avec agilité, sans gaspiller son énergie.

« Prends un tabouret, dit Bill, avec un signe de tête.

— Oui, m'sieur. »

Encore un plus… La dernière fois que Bill avait entendu dire « m'sieur » à quelqu'un, c'était Elvis, dans une interview. Il lui proposa un verre. « Non merci, m'sieur. »

Merde alors ! se dit Bill, ce gars-là serait capable de vous couper la chique… « T'as un nom, fiston ?

— Collie. Je m'appelle Collie, m'sieur.

— Pourquoi, t'as un faible pour les clebs ? » Ce qui lui permit de voir les yeux du gars. Noirs, avec un léger strabisme divergent. On était soulagé de ne pas se trouver dans leur ligne de mire. Et pas pressé d'y être.

Le gars fit un sourire presque timide. « C'est à cause de quelque chose qui m'est arrivé quand j'étais môme. »

Bill sourit : si le môme avait vingt-trois berges, c'était bien un maximum. « Raconte-moi ça, dit-il, d'un ton engageant.

— On avait un voisin qu'avait un chien. À chaque fois qu'on passait, il se jetait contre le portail. Alors, tout le monde pétochait. Style, vous pensiez qu'il était pas là mais, en une seconde, il bondissait comme un dingue en vous montrant les crocs et en vous aboyant dessus. » Bill ne fit aucun commentaire. Le gars poursuivit : « Et il prenait son pied en faisant ça.

— Quoi ?

— Oui, ça le faisait jouir. » Comme s'il parlait d'une maladie inconnue et contagieuse.

« Comment t'as su tout ça ? » demanda Bill, gêné.

Le gars eut un haussement d'épaules : « Ben, j'l'ai regardé droit dans les yeux.

— Ah bon ?

— Ben, ouais, avant de l'étrangler, j'ai bien regardé. »

Bill se décida à lui poser la question décisive. « C'est quoi que tu veux, petit ?

— J'veux travailler pour vous, m'sieur.

— Et pour quoi faire ? Pour devenir célèbre, te tailler une réputation ? »

Le môme eut un air agacé : « J'suis pas débile, m'sieur.

— T'as fait de la taule ?

— Une fois. Et j'suis pas près d'y retourner. »

Bill le crut. « D'accord. Tu vas faire un essai. » Il fouilla dans la poche de sa veste, en sortit une photo noir et blanc qu'il poussa vers lui. « Tu l'connais, ce type ?

— Non, m'sieur. »

C'était Brant, prêt à monter dans l'avion, resplendissant dans son pull d'Aran. Il regardait l'objectif en face, d'un air insouciant. Bill jeta un coup d'œil à la photo puis, revenant aux choses sérieuses, poursuivit : « C'est le sergent Brant. Il doit revenir d'Amérique incessamment. » Le gosse attendit : « Ton prédécesseur, le Mutant, était censé le convaincre de me lâcher la grappe, mais… il a tout foiré. Et Brant m'a pas lâché du tout, même qu'il m'a rendu visite. » Bill en était écarlate. Sur le point de perdre son flegme légendaire. « Moi, c'que j'veux, c'est qu'on l'atteigne là où ça va lui faire mal. Mais pas lui en personne. Ça ferait des problèmes si c'est lui qui dérouille. Il faut qu'on chope quelque chose auquel il tient… » Il s'interrompit. « Tu me suis, fiston ?

— Oui, m'sieur. Il faut toucher son point sensible.

— Exactement. C'est dans tes cordes ?

— Oui, m'sieur. »

Bill fouilla de nouveau dans sa poche et en sortit une petite liasse. Des billets rutilants, des cinquante livres. Il les lui tendit. « Pour démarrer… Juste un peu de thune pour voir venir. »

Le môme n'y toucha pas. « Je l'ai pas encore gagné.

— C'est ce que tu crois. »

Something in the way she moves[1]

Falls finit par refaire brutalement surface, mais le regretta instantanément. Dès qu'elle ouvrit les yeux, elle sut que le bébé, c'était fini.

Ensuite, quand l'histoire de la salle de billard lui revint à l'esprit, elle se sentit trembler de la tête aux pieds. Si elle demandait de l'aide, elle savait qu'une troupe d'infirmières arriverait au galop. Alors, elle se laissa pleurer silencieusement… et tandis que les larmes lui coulaient sur le visage, se rappela enfin le nom du quatrième Télétubby.

Po.

Rien qu'en l'évoquant, elle replongeait dans des abîmes d'angoisse. Finalement, elle bougea et s'assit dans son lit. Elle vit le tuyau de la perfusion et se l'arracha du bras, avec le fil qui la reliait au moniteur. Une violente nausée la

1. Chanson de James Taylor, dont le premier vers a été repris par George Harrison dans *Something*, interprétée par les Beatles.

submergea, elle résista. Quand elle posa le pied par terre, la pièce se mit à tanguer.

Une infirmière se précipita : « Mais enfin, qu'est-ce que vous faites ? »

Falls leva lentement la tête, essayant de se concentrer. Avec un petit rire, triste et amer, elle répondit : « C'est-y pas une bonne question, ça ? »

Presque au même moment, un arrosage impromptu démarrait à la cantine du commissariat. À coups de cidre et de bière, on trinquait en l'honneur de Roberts.

Le sergent de permanence leva son verre : « L'inspecteur principal Roberts va nous faire l'honneur de nous raconter ses prouesses lui-même. Hip ! hip ! hip… ! »

Roberts remercia et indiqua McDonald : « J'étais pas tout seul. »

Encore des vivats, encore à boire.

Le divisionnaire fit une apparition et salua Roberts d'un coup de tête bourru : « Bravo, mon p'tit. » Un comble, vu qu'il était cinq ans plus jeune. Mais l'atmosphère était plus retenue, moins festive que d'habitude. Car Falls était toujours à l'hôpital.

Histoire d'engager la converse, le sergent de permanence fit à Roberts : « Z'avez sûrement appris la nouvelle entourloupe qu'ils utilisent, les p'tits saligauds ? »

Comme il n'était pas au courant, il dit : « Non, je suis pas au courant.

– Bon, ben, voilà : ils dégotent une minette dans un pub ou dans un night-club. Ils lui paient un verre et lui collent du Rohypnol dedans. La pauv' petite, elle tombe dans le cirage. Quand elle se réveille, le lendemain, elle vient de se faire violer par cinq ou six mecs différents.

– Mon Dieu !

– Ouais... Lui aussi ! »

Roberts se demanda instantanément si sa fille avait été victime d'un truc du même genre. Un frisson de colère et de terreur lui parcourut l'échine. Il finit sa bière légère et décida qu'il était plus que temps de remettre les pendules à l'heure. En rentrant chez lui, il allait dire à son épouse : « Écoute, chérie, on repart à zéro. J'ai un cancer de la peau, et des bourses, par-dessus le marché (la touche humoristique), alors il faut absolument qu'on parle de Sarah. Qui est-ce qui l'a mise enceinte ? » Le numéro n'était pas encore parfait, mais presque. Et il avait tout le trajet pour le mettre au point...

Après l'arrestation du pyromane, il se sentait regonflé, résolument optimiste. Il gara sa voiture et attendit un certain temps devant chez lui, se disant : « O.K. ! on est endettés jusqu'au cou, mais enfin, la maison, elle est encore à nous. Enfin, encore à moi, merde ! »

Ainsi ragaillardi, il entra et cria : « Me voilà ! »

Silence de mort.

Au-cu-ne importance. Il allait se casser une petite graine dans la cuisine et commencer sa nouvelle vie. Tout en fredonnant l'atroce *Begin the Beguine*, mais seulement l'air, puisqu'il ne connaissait pas les paroles, il ouvrit le frigidaire. Vide, et même totalement dépouillé, à part un papier collé sur un misérable morceau de fromage esseulé. Il lut :

PARTIES CHEZ MA MÈRE
AU CAS OÙ, PAR HASARD,
TU LE REMARQUERAIS,
SI JAMAIS TU RENTRES

Rien que ça.

Il se retint à la poignée du frigidaire et marmonna : « Eh ben, me voilà refroidi ! »

La Vengeance de Montezuma

Le Mutant admirait les progrès de son bronzage : « T'es beau gosse, tu sais ! » se disait-il.

Le pied, avec les vacances à l'étranger, c'est qu'on peut faire toutes les conneries qu'on trouvait ridicules chez les autres. Exemple :

1. se balader en bermuda
2. se percher les lunettes de soleil sur la tête
3. se trimbaler avec une banane.

Ron Fenton avait certains signes particuliers : il était impitoyable, déterminé, intransigeant. Jamais enclin à un quelconque accès de fantaisie. Totalement hermétique aux superstitions, aux présages et à toutes ces conneries. Il ne croyait qu'à ce qu'il voyait en face de lui. Assis au bar, il sirotait une tequila avec tous les falbalas qui vont avec. Sel sur le dos de la main, rondelles de citron : aucun doute, ça vous flanquait un bon coup de fouet. C'était bien de la foutaise, tous ces rituels, mais oh ! et puis merde, pourquoi pas, après tout ? « Au Mexique, fais comme les Mexicains », dit-il, avec originalité.

Un magnéto jouait *Ticket to Heaven* de Dire Straits — une chanson qui prouve bien que des tripes, ceux-là au moins, ils en avaient. Jetant un coup d'œil par la fenêtre, il aperçut Stella et en lâcha son verre. « Que pasa ? » demanda le serveur, éberlué.

Fenton le regarda, puis jeta un nouveau coup d'œil par la fenêtre. Stella avait disparu. Il s'approcha du serveur et lui attrapa le bras en criant : « Tu l'as vue ? Nom de Dieu ! je te dis que c'est elle !

— No comprende, señor ! »

Fenton le lâcha, tenta de se ressaisir, puis tituba vers une table et s'affaissa sur une chaise. Le serveur s'approcha, apeuré et nerveux : « Le señor veut quelque chose ?

— Ouais, dégage, raclure... Oh ! et puis non, tiens, file-moi une tequila. Et merde, amène-moi la bouteille. »

En attendant au bar, le serveur se posa l'index sur la tempe et chuchota : « Mucho loco. »

Le barman acquiesça. Touristes, gringos, Americanos, il connaissait toute la chanson. Par cœur.

J'ai un besoin

(Demian, dans *L'Exorciste III*)

Collie se sentait euphorique. Il tâta la liasse de billets qu'il avait dans la poche. « C'est parti ! » se dit-il. Direct dans la cour des grands. Mais pour ça, il avait besoin d'un flingue, il lui fallait de l'artillerie. Sur l'île de Wight, il avait partagé la cellule d'un *yardie* antillais, membre d'un gang de Jamaïcains qui terrorisait le nord de Londres. Il s'appelait Jamal. Depuis sa libération, il gardait profil bas à Brixton, dans la partie la plus chaude de Railton Road. Il vivait au sous-sol d'une maison mitoyenne. Au-dessus, il y avait une diseuse de bonne aventure. Collie sentit déjà l'herbe en s'engageant dans la rue. Il frappa trois fois, comme dans cette atroce chanson des années soixante-dix.

Une femme, blanche, la trentaine, lui ouvrit. Regard perdu, mais une certaine allure. « Qu'est-ce que c'est ?

— Dites à Jamal que c'est Collie. »

Un bras noir apparut et écarta la nana. Jamal, torse nu, lui fit un large sourire 22 carats : « Yo ! mo' pot' ! » (Autrement dit : « Salut ! »)

Il fit la bise à Collie, puis ils échangèrent toute une série de tapes et claques rituelles.

Touche à mon pot' !

À l'intérieur, la fumée d'herbe flottait comme un nuage. « Hé, pétasse, amèn' du thé pou' mo' pot' ! » Nouveau sourire étincelant : « Ses vieux, y z'ont d'la thun'.

— Ah ouais ?

— Ouais. La pétasse, al' était dans l'ma'xisme. Jamal, y lui a tout bouffé : et sa chatte, et son f'ic.

— Et comment tu l'as dégotée ?

— Al' dealait l'*Big Issue*… moi, j'y ai p'is tout son paquet, pis al' m'a suivi dans ma piaul'. Ma'di, que c'était… Mais què' jou' qu'on est, mo' pot' ?

— Euuuh… mardi. »

Jamal eut l'air perplexe. « Cété sû'ment un aut' ma'di, alo'. Tiens, mon f'è' ! Tu veux un *Big Issue* ? »

Et les voilà partis à rigoler. Juste deux potes qui s'la donnent, dans la zone.

La femme apporta des verres de thé à la menthe et quatre gâteaux sur un plateau en cuivre. « L'thé, cé du Julep avec du qat, co' à Ma'akech, et lé gâteaux, cé des b'ownies au hasch… ave' plus de hasch qu'de fa'ine… ça va ? Té cool ? »

Il l'était.

Pour couronner le tout, Jamal se roula une Carotte de Camberwell[1], rendue célèbre par *Withnail and I*, qu'il épiça en saupoudrant le papier de P.C.P. Si ça ne vous faisait pas vraiment exploser la tête, ça vous faisait décoller.

Avant de glisser dans le vide et l'oubli, Collie essaya de se concentrer sur le bizness : « J'ai besoin de quèque chose.

— Pas de p'oblèm', mo' pot'. Qu'esse kit' faut donc ?

— Un flingue.

— Mais, mo' pot', j'en ai fini ave' cet' me'd'-là, moi. »

Collie attendit, laissa passer son tour de tarpé, et grignota un gâteau. Jamal finit par lancer : « À moins que j'te file mo' feu, ma p'otection pe'so, quoi… Ça te di'ait ?

— Ça m'embêterait de te laisser… sans défense. »

Grand sourire jamalien. « Ah ! me'd' alo', mais j'me déb'ouille, moi. » Il se leva : « Jus' un' minut', dit-il.

1. Dans *Withnail and I* de Bruce Robinson (1987), un des personnages se roule un immense joint : quinze feuilles de papier et rien que de l'herbe venue du Mexique, cueillie à 3 000 mètres ! Il lui donne le nom de « Carotte de Camberwell », parce que c'est là qu'il est né.

— Bien sûr. »

La femme s'accroupit, en position du style lotus. Collie voyait sa petite culotte et même sa chatte. Elle se porta un brownie aux lèvres et commença à le grignoter.

Crrr… crrr…. crrr…

« Tu vois quelque chose qui te plaît ? demanda-t-elle.

— Des clous.

— T'es pédé, toi ? »

La came se baladait dans sa cervelle, des petites bulles de couleur explosaient à la lisière de son champ visuel. Il ne répondit pas, tentant de se concentrer sur la luminosité. Dans *Ça* de Stephen King, le clown dit : « Viens, entre dans l'éclat de ma lumière », puis il découvre toute une rangée de chicots acérés. Collie la regarda, s'attendant à ce qu'elle lui fasse la même chose.

Mais le retour de Jamal interrompit la transe. Il apporta un paquet enveloppé dans de la toile cirée, s'assit et le défit. Un flingue rutilant glissa sur la table. « Sacré canon ! » siffla Collie.

Jamal lui adressa son grand sourire. « C'est un 'uge' six coups. Tu vois c'qu'y a, là, su' le canon ?

— Magnum », lut-il.

Jamal posa son poing fermé à côté du pistolet. « Et maintenant, la ce'ise su' l'gâto ! » Et il ouvrit la main : six balles dum-dum roulèrent sur la table. « Ça fait un putain de g'os t'ou dans ta cib', ça.

— Combien ? » Jamal leva cinq doigts. Collie secoua la tête. Au bout de dix minutes de chicanes, de rigolade et de jeux de doigts, ils finirent par se mettre d'accord sur trois. La dope faisait son effet. Féroce ! Collie mit une éternité à compter ses billets mais, finalement, il y parvint.

La femme les regardait d'un air mauvais. Si la dope est censée vous ramollir, personne ne l'avait prévenue. Et elle était suffisamment partie pour ne pas dissimuler son aversion. Collie la regarda et ajouta un billet de cinq livres sur le tas : « Pour acheter des bonbecs aux gosses… » Et les voilà repartis !

Jamal descendit sa fermeture Éclair. « 'Ega'de, mama', cé pou' toi. » Comme elle ne bougeait pas, il ajouta : « Cé pas un cadeau, cé un' command', pétasse ! » Il ramassa le Ruger et logea une balle dum-dum dans le chargeur.

« Hé, Jam' ! dit Collie, touche pas à mon engin ! »

Et les voilà repartis, morts de rire. Noir ébène et Blanc ivoire qui s'éclatent, tout simplement, et qui s'en paient une tranche. La femme s'approcha, s'accroupit et se fourra la queue de Jamal en bouche. Collie ferma les yeux. Ça, il n'avait aucun besoin de le voir. Ni d'entendre toute une série de gémissements sonores.

« Oh ! mèèèèèd'... Aaahhhhh !.... putaiiiiiin !!!! »

Quand Collie rouvrit les yeux, Jamal lui fit : « J'ai besoin d'un' clop'. »

La femme s'essuya la bouche, les yeux brillant d'une lueur qui semblait dire : « Alors, qu'est-ce que t'en dis ? »

Collie se leva, et dit — ou tenta de dire — : « Faut que j'me barre.

— Tu veux pas un' sucette ? » lui demanda Jamal.

Collie regarda la femme, qui souriait d'un air narquois.

« Merci, j'ai déjà mangé. »

Le rire de Jamal le suivit jusque dans la rue.

Collie avait glissé le flingue dans la ceinture de son jean. Au creux des reins, bien entendu.

Au poing

« Vous en pensez quoi, des sports sanguinaires ? »

McDonald fut interloqué par la question de Roberts. Il venait de gagner des lauriers qu'il n'avait aucune envie de perdre. « De quoi vous parlez ? De la chasse au lièvre ou de la chasse au renard ?

— Non, de la boxe.

— Aaah !

— À poings nus, comme Jim Corbett, alias Gentleman Jim[1]... Ce soir, y a un combat à Elephant and Castle.

— On fait un coup de filet ? »

En riant, Roberts répondit : « Va y avoir plus de deux cents parieurs, et pas des enfants de chœur. Nous aussi, on va parier.

— Mais, patron, c'est pas illégal, ça ?

— Bien sûr que si, mais c'est ça qu'est marrant, non ? »

1. Champion de boxe poids lourd U.S. (1866-1933).

Comme l'avait prédit Roberts, il y avait bien deux cents personnes. Tous des hommes et, comme d'hab', l'air vibrait de fébrilité et d'agressivité rentrée. Le « combat » devait se dérouler dans un parking couvert, derrière Elephant and Castle.

« Je reviens tout de suite », dit Roberts, en arrivant sur les lieux.

Avec son blouson de cuir noir et son jean, McDonald avait l'impression de sentir le flic à vingt pas.

Un parieur l'interpella : « Tu bois un coup ? »

Et lui tendit une flasque.

« Bien sûr. » Valait mieux pas se faire remarquer… Il en avala une lampée et faillit s'étouffer, comme si de la lave en fusion lui descendait dans le gosier en brûlant tout sur son passage. Il en eut le souffle coupé : « C'était… quoi… ce truc ?

— Bouillon de poule au 90… » — 90, comme dans l'alcool du même titre. La "dame blanche" des soiffards du sud-est de Londres. Restait plus qu'à espérer que le gars s'était foutu de lui.

En revenant, Roberts se cogna dans un jeune type. Pendant une seconde, le temps s'arrêta. « Oh ! pardon ! » dit Roberts, et Collie lui fit un signe de tête.

Les combattants arrivèrent, dans une cacophonie de huées, de bravos et sifflets. « Le grand, il est de Liverpool, dit Roberts. C'est le favori. L'autre, il est de Londres. »

Les deux types étaient torse nu, en caleçon et baskets. Sans façon. Le gars de Londres était un gringalet, mais teigneux. Par contraste, celui de Liverpool faisait l'effet d'être une armoire à glace. Un vrai hercule avec du peps, et plein d'aplomb.

« Vaudrait mieux que vous alliez déposer vos paris, dit Roberts.

— Quoi ?

— Me dites pas que vous n'allez pas tenter le coup.

— Euuh, bon, ben, d'accord…

— Allez voir le type en noir. C'est lui le bookie.

— O.K… mais combien ?… Je veux dire, ça ira, cinq ? »

Roberts s'esclaffa : « Allez ! Oubliez donc vos racines écossaises… Faites ça correctement ! Moi, j'ai misé sur Liverpool, alors vous, allez parier sur le petit.

— Mais c'est le perdant…

— D'autant plus. Et traînez pas, maintenant. »

Un coup de cloche annonça le début du combat. Chaque round durait cinq minutes, à peu de choses près. Le troisième, dix minutes.

McDonald avait grandi à Glasgow et son boulot de flic l'avait habitué à en voir de violentes. Mais là, il en avait l'estomac entièrement retourné. À cause du craquement des poings nus sur les os. En vrai, et en stéréo. « Y a des règles ? demanda-t-il.

— Non, y en a pas. Quelquefois, ils interdisent de mordre.

— Quelquefois ?

— Taisez-vous donc et regardez... Je crois bien que le petit a des problèmes. »

Eh oui.

L'œil et la bouche en sang, il cherchait une issue. Mais rien à faire.

Puis, tout à coup, comme soudainement électrifié, il donna un coup de boule à Lou qui recula, chancelant. Comme un terrier, il se jeta à sa poursuite. Trois bons coups sur la tête et Lou était par terre.

Le môme en fit le tour et lui fila un bon coup de pied dans la nuque.

La messe était dite.

« J'ai gagné ! fit McDonald.

— *On* a gagné, dit Roberts.

— Ben, mais je croyais que vous aviez misé sur le favori.

— Ouais, mais pour nous deux. Comme vous, vous avez misé pour nous deux. Filez, maintenant, avant que le bookie se tire. »

Quand McDonald récolta ses gains, il fut tenté de se tirer, lui aussi. À contrecœur, il en fila une liasse à Roberts, qui lui dit : « Vous avez eu du pot que je vous conseille de parier, hein ?

— Ouais, un vrai pot. »

Au pub, Roberts lui fit : « Allez, sortez-les ! Quand on gagne, on ne compte pas ! Pour moi, ce sera un cognac. »

Quand McDonald avait vu *L'Inspecteur Morse* à la télé, il n'en avait pas cru ses yeux. Mais maintenant, il y croyait. Roberts s'empara de son verre et lui demanda : « Qu'est-ce que vous prenez ?

— Un snakebite.

— Un quoi ?

— Cidre et bière blonde.

— Il est temps de grandir, fiston… Allez donc nous chercher deux scotchs. »

I had a dream

(ABBA)

Pour quitter l'hôpital, Falls dut signer une décharge.

« Que diriez-vous d'une aide psychologique ?

– Qui me ferait quoi, exactement ?

– Eh bien… ça vous aiderait à dépasser le… traumatisme.

– J'ai perdu mon bébé, c'est pas un traumatisme… et non, j'ai pas envie de le dépasser. J'en ai même aucune intention. »

Le médecin s'énerva. « J'ai pris la liberté de vous prescrire quelques médicaments.

– Non, merci.

– Permettez-moi d'insister, vous pourriez vous raviser.

– Non. »

Elle rentra en taxi. Le chauffeur parlait sans arrêt de tout et de rien. Elle ne l'entendait pas et ne répondait pas, pendant qu'ils remontaient Balham High Road. « Ici, laissez-moi ici », dit-elle.

Le chauffeur remarqua l'enseigne du marchand de vin et se dit : « Hé, hé… »

« On va s'acheter un petit biberon ? » fit-il.

Elle reçut la question comme une gifle. Mais, sans perdre son sang-froid, elle demanda : « Je vous dois combien ? » Elle sortit une poignée de pièces, qu'elle lui fourra dans la main.

Comme ses confrères, il n'était pas du genre à se presser. « Vous m'en donnez trop, mignonne.

— J'en dirais pas autant de vous. »

Mais il avait touché juste et elle alla s'acheter une bouteille de gin.

« Du tonic ? lui proposa le vendeur.

— Non merci. »

Pour elle, « gin » et « chagrin », ça allait bien ensemble. À part le gin, son père avalait de tout, même l'eau des toilettes. Tout en affirmant, avec une logique d'alcolo : « Le gin, ça me rend malade. »

Lui, il buvait sans raison.

Elle, elle en avait une.

Et même peut-être deux.

Rentrer chez elle frisait l'insupportable. Les affaires du bébé étaient restées dans l'armoire. Elle prit une tasse dans la cuisine, s'assit, décapsula la bouteille et s'en versa une rasade. « À ta santé, Po », dit-elle, en vidant la tasse.

Deux heures plus tard, les affaires du bébé partaient à la poubelle.

Le matin suivant, malade comme un chien, elle se traîna quand même jusqu'à la douche et rassembla toutes ses forces, sachant qu'elle en aurait besoin.

Quand elle entra dans le commissariat, le sergent de permanence s'exclama : « C'est pas vrai ! » Puis il tenta de se ressaisir. Que fallait-il lui offrir : de la sympathie, des encouragements ? Que faire, que dire ? Il appliqua les principes du *procedural* et repassa le bébé à son supérieur. « Je vais prévenir le divisionnaire que vous êtes là. Euhhh… et asseyez-vous donc. »

Comme à un vulgaire pékin.

Un certain nombre de collègues passèrent devant elle, l'air gêné. Personne ne savait que dire, ni quoi faire.

« Le divisionnaire va vous recevoir », dit le sergent. Il lui fit un superbe sourire, comme s'il venait de lui rendre un grand service. Elle en eut un haut-le-cœur.

Le divisionnaire ne l'invita pas à s'asseoir. « Comment ça va ? lui demanda-t-il.

— Pas trop mal, commissaire. Bonne pour le service. »

Il fronça les sourcils en regardant ses doigts. « Il vaudrait peut-être mieux prolonger un peu… Les criminels ne vont pas s'envoler, tout de même ! »

Et il eut un rire de manuel de police. Rien à voir avec de l'humour, mais plutôt un signe qu'il allait l'entuber. Falls attendit, il finit par dire : « Prenez un mois, d'accord ? Ça vous donnera le temps de finir votre repassage. »

Même lui se rendit compte que sa suggestion n'était pas tout à fait politiquement correcte, mais Falls lui répondit : « Merci, commissaire, mais je préférerais reprendre mon service. »

Il s'éclaircit la voix. « Je crains que ça ne soit pas possible. Et qu'il y ait une enquête…

— Pourquoi ? demanda Falls, sidérée.

— Vous avez fait preuve d'une certaine imprudence. Aller à la poursuite d'un criminel sans être accompagnée… les autorités… (ici, il s'interrompit, comme pour sous-entendre : « mais moi, j'y suis pour rien »)… n'aiment pas beaucoup les francs-tireurs. »

Elle allait répondre, puis se ravisa. C'était inutile.

« Vous êtes suspendue avec demi-traitement en attendant l'enquête. »

Elle ne réfléchit qu'un instant : « Je ne suis pas de cet avis.

— Je vous demande pardon ?

— Je vous donne ma démission.

— Je ne crois pas que… »

Elle sortit sa carte de police, la posa sur le bureau et se tourna vers la porte.

Il fulmina : « Je n'ai pas été jusqu'au bout, mademoiselle !

— Eh bien, moi, j'y suis déjà », dit-elle avec un sourire pâlot.

Vingt minutes plus tard, elle était chez elle devant une bouteille de gin pleine.

Sans tonic.

Le Mutant apprivoisé

Fenton entendit Céline Dion chanter *You Are the Reason*, ne sachant trop si c'était la réalité ou un souvenir.

Il regardait fixement la bouteille de tequila presque vide. Il n'y avait pas de ver dans le fond.

Le Mutant avait suivi Stella jusque dans les quartiers pauvres de la ville. Enfin, si c'était bien elle… Maintenant il fallait qu'il la rattrape et qu'il la voie de face. Elle se tenait toujours à une dizaine de mètres, insaisissable. Peu à peu, il s'était laissé attirer jusque dans les bidonvilles. Totalement insensible à la misère criante. Il avait repéré une enseigne : CANTINA. C'était dans une cabane.

« Où est mon ver ? cria-t-il au barman.

— Que ?

— J'arrive pas à le voir ! Putain ! Tu verrais pas que je l'aie avalé ? Ça se bouffe, cette saloperie ? »

Le barman haussa les épaules. Il s'apprêtait à fermer la boutique, car la tempête s'était levée et le vent mugissait. Le Mutant avait une pile de dollars devant lui. Le barman les empocha, lui fourra une bouteille de mescal dans les bras et le poussa dehors. « Allez, señor, voilà... El cyclone arribe.

— Dégage. »

Il s'écroula contre le mur de la cabane, ouvrit la bouteille, en but une grande lampée et frissonna. Puis il ferma les yeux.

✞

Quand le cyclone arriva, il s'abattit sur les quartiers pauvres de la ville.

Les hôtels pour touristes, la station balnéaire et tous ses immeubles lui échappèrent.

Dans le bidonville, la cantina était pratiquement détruite.

Les sauveteurs mirent un bon moment à retrouver Fenton. Le temps de l'amener à l'hôpital, il était trop tard pour qu'on lui sauve les jambes.

Run for Home

(Lindisfarne)

Brant finissait son premier donut. Le second, enrobé de sucre, semblait attendre son tour.

« Je ne voudrais pas vous presser, dit Nancy.

— T'inquiète. »

Elle regarda sa montre. « Il vaudrait mieux ne pas trop tarder. »

Il mordit dans le donut restant : « Vous tomberiez sur le NYPD, lui dit-elle.

— Tu crois ?

— Tenez, c'est pour vous, dit-elle, embarrassée, en sortant un paquet.

— Un cadeau ?

— En souvenir de votre petit voyage.

— Oh ! mais je m'éclate, dans ce voyage ! Tout le monde me file un truc. »

Sans aucune délicatesse, il déchira l'emballage. C'était un chapeau avec une étiquette de Macy's. « Ceci est un chapeau ! dit-il.

— Comme Popeye Doyle.

— Qui ça ?

— C'est dans *French Connection.* »

En le voyant éclater de rire, elle s'énerva : « Mais je ne savais pas quel genre de chapeau vous mettiez, moi : un feutre, un chapeau mou, un melon... ?

— Mais tu savais que je le porterais bien. »

Pendant une pénible seconde, elle crut même qu'il allait se mettre à chanter « *The way you wear your hat* ».

Il se leva : « Je ne voudrais pas te presser... »

En roulant vers Kennedy, elle se demanda si elle le verrait partir avec tristesse ou avec soulagement.

Pendant que Brant se disait : « Ce chapeau, ça fera une bonne surprise pour Roberts. »

On avait réservé une salle pour le transfert de la prisonnière. Tandis qu'ils attendaient, Brant signa tout un tas de paperasses. Puis il sortit son paquet de Weights et vérifia bien la pancarte accrochée au mur : ZONE NON-FUMEURS.

Il alluma sa cigarette. Nancy fit comme si elle ne le connaissait pas.

En tripotant le Zippo, il fut saisi d'une impulsion : « Tiens, c'est celui de mon père. »

Nancy regarda le briquet : « Oh ! non, je ne pourrais pas.

— O.K. », dit-il, en le rempochant.

La porte s'ouvrit et Josie apparut. Autour de la taille, elle avait une ceinture reliée aux menottes qui lui tenaient les poignets et aux fers qui lui entravaient les pieds. Ce qui, évidemment, l'empêchait de marcher normalement et l'obligeait à avancer avec les pieds en dedans. Elle était encadrée par quatre flics.

« C'est quoi, cette chierie ? » fit Brant.

Josie eut un sourire contrit : « Jamais je passerai au détecteur de métaux… »

Une fois les formalités accomplies, on la libéra pour lui attacher le poignet droit à une menotte reliée à une chaîne plus longue. L'autre menotte était pour Brant.

« C'est le règlement, lui dit Nancy, avant même qu'il puisse réagir.

– De la pure connerie, oui. »

Mais il accepta la menotte. « On dirait qu'on est fiancés, fit Josie.

– On vous accompagne jusqu'à l'avion et ensuite, à vous de jouer », dit Nancy.

On les fit passer devant les autres passagers pour les installer à l'arrière de l'appareil. Les deux rangées de devant restant vides.

« Feriez mieux de pas fumer, prévint Nancy.

– Qui, moi ? »

Les flics quittèrent l'avion. Nancy échangea quelques mots avec le chef de cabine, puis elle se tourna vers Brant : « On a passé des bons moments ensemble, non ?

— Je ne voudrais pas te retenir, D'Agostino. »

Elle s'éloigna. « T'es une chouette nana, Nance ! » lança-t-il quand elle fut au milieu de l'avion.

Ne sachant trop si c'était du lard ou du cochon, elle décida de le prendre comme un compliment.

« Vous l'avez sautée ? demanda Josie.

— Toi, tiens ta langue ! »

Brant se pencha et défit les menottes. « Merci, dit-elle, en se massant le poignet.

— Si tu déconnes, je t'éclate la gueule, O.K. ? »

Josie lui lança un long regard : « Je pourrais vous faire une petite gourmandise ? »

Il ne put s'empêcher de rire. Ce qui le sidérait, c'était qu'elle était devenue presque agréable. D'une manière tordue, égoïste, il se sentait comme son protecteur. Il tenta de dissiper son malaise en disant : « Tu vas être bien accueillie en taule, toi qu'as buté un flic. »

Elle acquiesça : « Mais, au moins, j'aurai une tasse de thé correcte.

— Le thé, ce sera d'la rigolade à côté, ma pauv' cocotte. »

Elle regarda par le hublot. « J'ai peur.

— T'as bien raison, petite.

— Non, j'ai peur en avion. »

Brant faillit se remettre à rire : « Punaise ! Pourtant, pour toi, il vaudrait mieux qu'on se crashe.

— Je pourrai vous tenir la main, pendant le décollage ? »

Brant secoua la tête, et elle lui posa un morceau de papier sur les genoux. « Qu'esse c'est, ça ? » demanda-t-il. En le dépliant, il reconnut un billet de cinq dollars. Crasseux, froissé et déchiré, mais vrai.

« Je paie à boire, dit-elle.

— Tu l'avais planqué où ? »

Elle eut un léger sourire. « Ces Ricains, y sont pas si futés qu'on l'dit. »

Pendant le décollage, il vit la sueur lui perler sur le front. Il posa la main sur la sienne, elle hocha la tête.

« Vous voulez boire quelque chose ? proposa plus tard l'hôtesse. Mais ce sera sans alcool, pour votre… accompagnatrice.

— Un Coca pour elle et deux Bacardi doubles.

— Euh… »

Brant la fusilla du regard, lui imposant le silence. Elle ne dit rien. Josie se tut.

Quand on apporta les verres, il fit part égale et, d'un signe, invita Josie à se servir. « Moi, j'adore ça, le rhum-Coca, dit-elle.

— Bois-le, alors. »

Elle s'exécuta.

Le film commença. « Moi, j'adore ça, le ciné », dit-elle.

Fusillade

Collie regardait passer l'enterrement avec un certain effroi. Tous les taxis du sud-est de Londres étaient venus accompagner leur collègue à sa dernière demeure. Les rubans noirs attachés aux antennes des voitures virevoltaient dans la brise légère.

« C'est moi qu'ai fait ça ! C't'à cause de moi qu'y sont tous là ! »

Ça lui donnait le tournis. Il s'était dit qu'il fallait qu'il essaie le flingue, pour s'assurer qu'il aurait les couilles de le faire. Et il l'avait fait.

Sans chichis, sans pitié. Il avait hélé un taxi à l'Oval, lui avait explosé le crâne à Stockwell, et s'était tiré. Quel pied ! Mortel ! Et sans toucher à la recette. Non mais, de quoi ! Il était tueur professionnel, pas un sale p'tit voleur.

Les jours précédents, il s'était rencardé sur Brant. Suffisait de traîner ses fesses dans les bars à flics. Dire qu'ils l'avaient bien pendue serait très en dessous de la vérité… Partout, il entendait dire que Brant rentrait à Londres avec une nana. Ensuite, il avait appelé le commissariat et, de sa plus belle voix de speaker télé, avait dit : « Ici l'inspecteur principal Ryan de la brigade antigang, à Scotland Yard. Nous aurions besoin de contacter le sergent Brant. »

Le nom de Scotland Yard lui ouvrit toutes les portes. On lui communiqua l'heure et le lieu de son arrivée. Le jour dit, il enfila un costume noir et un col de curé et se regarda dans la glace :

« Bonjour, mon révérend. C'est-y moi que vous regardez ? »

À la station Oval, il acheta un ticket pour Heathrow et *The Big Issue* pour le trajet. Une fois assis, il sentait tout juste le flingue lui rentrer légèrement dans le creux des reins.

Une femme lui offrit un carré de chocolat. « Dieu vous bénisse, mon enfant », lui dit-il.

À l'aérogare, il vérifia le tableau des arrivées et s'installa pour attendre.

L'avion se préparait à atterrir. « Faut qu'on se rattache, dit Brant.

— Ça me plaît bien d'être enchaînée avec vous.

— Charrie pas, cocotte ! »

Elle baissa la tête. « J'vous demande pardon.

— Pourquoi ?

— Pour tous vos ennuis.

— Oh ! allez... »

Mais en fait, il ne savait que dire. Qu'elle soit désolée ne changeait pas grand-chose à l'affaire. « Au moins, t'auras une tasse de thé correcte, dit-il.

— Avec deux sucres ?

— Mais, bien sûr, pourquoi pas ? »

Quand ils arrivèrent dans le hall de l'aérogare, il jeta sa veste sur les menottes. Collie les vit tous deux et se dit : « Main dans la main... c'est trop mignon. »

Il s'avança vers la barrière de sécurité. Brant aperçut vaguement un prêtre, mais regarda plus loin. Collie sortit son flingue et tira deux balles dans la poitrine de Josie. L'impact la projeta en arrière, entraînant Brant dans sa chute. Collie s'éloigna rapidement, le flingue déjà remis à la ceinture.

Brant se pencha sur Josie, découvrit les perforations des balles dum-dum et s'écria : « Vérole ! »

Collie arriva dans la file d'attente des taxis et passa devant tout le monde, son col agissant comme un coupe-file. Sans compter le culot.

« Au centre-ville », dit-il.

Le rush d'adrénaline était gâché par ce qu'il venait de voir. Des menottes ? Comment c'était possible ?

À ce moment-là, se rendant compte que le chauffeur n'arrêtait pas de tchatcher, il tâta son arme et sourit.

Derniers actes ou épilogue

Quand Bill apprit la fusillade de l'aéroport, il éclata : « Mais qu'est-ce qu'ils ont tous, putain de bordel de merde ! Y en a pas un pour rattraper l'autre ! Comment ça se fait, ça ? »

N'en sachant rien, son ange gardien fit : « J'en sais rien…

– Évidemment que t'en sais rien, espèce d'enflure. »

Mais Bill savait une chose : que ça allait mal tourner, et même très très mal !

Il rentra chez lui. Sa fille, Chelsea, l'attendait. « Je t'aime, papa », dit-elle.

Bill avait vu récemment un documentaire de la BBC sur les enfants trisomiques. Qu'ils appelaient les « gentils prophètes ». Ça lui avait plu, sans qu'il sache bien ce que ça voulait dire.

Il attrapa la fillette dans ses bras et lui demanda : « Ça te dirait de faire un voyage avec ton papa ?

– Oh ! oui, oui !

— C'est bien.

— Mais où, papa ?

— On va partir très loin, en attendant que tout se calme.

— On peut partir demain, papa ?

— On s'en va aujourd'hui, ma puce. »

✝

Une fois de plus, Roberts était chez le divisionnaire. Très agité, celui-ci s'enquit : « Mais qu'est-ce qui se passe, bordel ?

— Pardon, commissaire ?

— Arrêtez vos simagrées, Roberts… C'est quoi, ce fiasco à l'aéroport ? Mais qui a bien pu tirer sur cette femme ?

— Il paraît que c'était un prêtre. »

Brown laissa échapper un de ses rares traits d'esprit : « Une catholique qu'allait plus à confesse ? »

Roberts eut un sourire poli, à peine deux centimètres.

Sèchement, Brown remarqua : « Y a vraiment pas de quoi rire. C'était peut-être Brant qu'il voulait choper ?

— Il semble bien avoir sélectionné sa cible.

— Et Brant, il est où ?

— Toujours à Heathrow. Les R.G. sont en train de le débriefer. »

Le divisionnaire se leva et se mit à faire les cent pas. Ce n'était pas bon signe. Il marmonna : « Dieu sait ce que les Ricains vont penser de tout ça. »

On frappa à la porte et une femme passa la tête. « Je vous apporte vot' thé et vos p'tits gâteaux, commissaire ? »

Il tonna : « Du thé ! Mais, bordel, c'est pas du thé, qu'il me faut, c'est des résultats ! »

Elle fila sans demander son reste.

Brown se pencha sur son bureau. « Va falloir que vous ayez un mot avec l'agent Fell.

— Non, *Falls*, commissaire.

— Quoi, Falls ?... Une folle, une vraie barge, oui ! Mais, dites-moi, vous voulez me donner une leçon de vocabulaire ?

— Pas du tout, commissaire, je...

— Cette chieuse m'a collé sa démission. Mais vous savez... vu qu'elle est noire... Enfin, quoi, vous voyez bien, elle fait partie d'une minorité, alors, politiquement... euh, bon, bref, ramenez-la ici. » Avant que Roberts puisse répondre, le divisionnaire continua : « Bon, et ne traînez pas, s'il vous plaît.

— Non, commissaire. »

Roberts arrivait à la porte quand Brown lui fit : « Et qu'on m'apporte mon thé ! »

Bref débriefing

« S'il vous plaît, sergent, reprenez depuis le début. »

Brant alluma une Weight, avala une bonne taffe et exhala. « Vous voulez l'apprendre par cœur, c'est ça ? »

Les deux types qui conduisaient l'interrogatoire étaient en costard. L'un était en worsted noir, et le second en tweed Oxford. Lenoir dit patiemment : « Il peut y avoir un détail ou deux qui nous ont échappé.

— Mais c'est sur bande : votre copain au costard Oxfam a tout enregistré.

— Nous aimerions bien vous laisser rentrer chez vous », dit Oxford.

Brant s'appuya sur le dossier de sa chaise : « Quand on est arrivés à Heathrow, j'ai rattaché nos menottes.

— Rattaché ?

— Y a un écho, ici ?

— Que je comprenne bien, sergent : cette femme avait les menottes détachées pendant tout le vol ?

— Ça, tu piges vite, fiston ! »

Les deux hommes échangèrent un regard. « Continuez, s'il vous plaît...

— En descendant de l'avion, j'ai caché les menottes avec ma veste. »

Nouvel échange de regards.

« Ensuite, on est sortis et elle s'est fait descendre par un curé.

— Qu'est-ce qui vous fait penser que c'était un prêtre ?

— Le fait que c'était un bon tireur, sans doute, hein ? Qu'esse vous croyez ? Parce qu'il ressemblait à Bing Crosby ? »

Laissant percer son scepticisme, Oxford ajouta : « Impossible que ce soit un prêtre.

— Vous êtes catholique ?

— Non, mais je ne vois pas exactement...

— Si vous étiez catholique, vous ne seriez pas étonné de ce qu'ils sont capables de faire, les prêtres. »

Lenoir décida de reprendre les choses en main, d'arrêter toutes ces conneries, et d'aller droit au but. « C'est pas ça qui va vous tirer des larmes, hein, sergent ?

— Qu'esse vous voulez dire ?

— Eh bien, disons... quelqu'un vous aurait rendu un petit service ? Sauf erreur, elle a bien essayé de vous tuer, et elle a descendu un de vos collègues… Pourquoi auriez-vous du chagrin ? »

Brant se leva : « Les devinettes, ça suffit comme ça ! Moi, j'me casse. »

Oxford s'apprêtait à bloquer la porte. Brant sourit :

« 'Scusez-moi… »

Oxford s'écarta. Brant ouvrit la porte et s'arrêta : « J'aurai peut-être encore quelques questions à vous poser, à tous les deux. Ne quittez pas les lieux. »

« J » comme Jugement

(Sue Grafton[1])

Roberts retrouva Brant au Cricketers. Il s'était garé près de l'Oval et dit au vendeur du *Big Issue*, en indiquant sa voiture : « Tu gardes un œil sur elle, hein ?

— Déconnez pas, chef ! Même un œil, ils vous le voleraient. »

Brant était assis au fond du pub, une tasse de café tiédasse posée devant lui. Roberts avança la main : « Content de vous voir, Tom ! », et c'était sincère. Puis : « Je vous offre quelque chose de plus sérieux ?

— Franchement, j'osais pas commencer.

— Ben, allez-y, maintenant.

— Sans problème. »

Ils s'y mirent. Whisky à la chaîne.

1. Auteure de romans policiers américains, dont le héros est une détective privée, Kinsey Millhone. Les titres de la série suivent la liste alphabétique (un roman pour chaque lettre). *« J » for Judgement* (1993) a été publié sous le titre *Le Jour du Jugement*, chez de Villiers.

Sans échanger un mot, le scotch remplissant les silences.

Puis Brant farfouilla dans sa poche, en sortit un chapeau écrasé :

« Je vous ai rapporté un petit cadeau.

— Oh !

— Il est un peu abîmé. Je suis tombé dessus... »

Roberts le toucha timidement, puis le prit à deux mains. « J'sais pas quoi dire.

— Laissez... Il va retrouver sa forme.

— Comme nous, non ? »

Brant lui lança un regard, comme s'il venait juste de s'apercevoir de sa présence : « Vous avez été malade ? »

Enfin ! pensa Roberts. Je vais pouvoir partager tout ça... « Naan, rien de grave. » Puis il ajouta : « Falls s'est cassée.

— Cassée ?

— De la police. Elle a démissionné. »

Brant s'anima, la vie revenait. « Mais elle peut pas faire ça !

— Il paraît que vous lui auriez filé du fric pour enterrer son vieux.

— Qui, moi ?

— C'est pas vrai ?

— Allons, patron, vous me prenez pour une poire ?

— Qu'est-ce que vous en dites : et si on finissait nos verres et qu'on allait la voir ?

— Quoi, maintenant ?

— Vous avez d'autres projets ?

— Naan. »

Ils finirent leurs verres, prêts à partir. « C'est pas que je m'intéresse, mais combien que je lui aurais filé ? demanda Brant.

— Deux mille. »

Brant ne dit rien, laissant juste échapper un petit sifflement. C'était au moins le double, m'enfin…

Quand on aime, on compte pas.

En arrivant à Balham, près de chez Falls, Roberts s'inquiéta : « Vous voyez ça comment, vous ?

— Oh ! laissez, on va improviser.

— Bien vu. »

Ils tambourinèrent sur la porte. Aucune réponse. « Elle est peut-être sortie, suggéra Roberts.

— Naan, elle est là. Y a de la lumière. » Brant sortit son trousseau de clefs. « Faites comme si vous ne voyiez rien. » Il tripota le verrou et poussa la porte.

Tous deux étaient des flics parés à recevoir pratiquement n'importe quel type d'accueil. Mais ni l'un ni l'autre ne s'attendait à trouver un skinhead. Pas plus de quatorze ans, une barre de fer à la main. « Cassez-vous, bande de connards ! leur hurla-t-il.

— Quoâ ? » (En duo.)

Le skin brandit sa barre : « J'vais vous péter la gueule, moi ! »

Brant se retourna, haussa les épaules et, d'un seul coup, pivota en lui filant un coup de poing sur la tempe. Il le colla par terre et lui posa un genou sur le dos : « À quoi tu joues, petit ? Où elle est ?

— Déconne pas, mec… Aïe, putain ! »

Roberts, qui explorait l'appartement, cria : « Elle est là… dans la salle de bains !

— Elle va bien ?

— Ça se discute ! »

Brant se leva. D'une main, il enserra le cou du skin et, de l'autre, lui fila deux bonnes gifles. « Qu'esse tu lui as fait ?

— J'ai meume rien fait, moi ! J'la protège.

— Quoâ ? » (Nouveau duo.)

Le skin s'empourpra, outragé. « Une fois, elle m'a filé une livre, alors, quand j'l'ai vue paumée — elle marchait même pas droit, et elle a même pas fermé sa porte —, j'me suis dit : "J'vais la garder jusqu'à c'qu'elle soit normale." Vous m'calculez ? »

Oui. Enfin, à peu près.

Roberts sortit son portefeuille. « T'as bien fait. Tiens, voilà un petit dédommagement.

— J'ai pas besoin qu'on m'paie. Elle, c'est comme… mon pote. »

Brant regarda Roberts : « Bon, d'accord. Si jamais t'as des embrouilles, tu demandes l'inspecteur principal Roberts ou le sergent Brant, et on s'occupera de toi, O.K. ?

— O.K.

— Allez, file, maintenant. T'es un bon gosse.

— J'ai jamais vu ça ! dit Roberts. Un skin qui protège un flic…

— *Une* flic, et *noire* !

— Ouais, comprenne qui peut… »

En tout cas, pas eux.

Ils se mirent à deux pour porter Falls jusqu'à la douche où ils la laissèrent jusqu'à ce qu'elle se remette. À vomir, à jurer, à se débattre. Une fois séchée, ils lui enfilèrent un peignoir.

Brant fouilla dans son portefeuille, en sortit deux cachets et les lui fourra dans la bouche. Roberts leva le sourcil. « C'est des tranquillisants puissants.

— J'veux pas qu'on m'aide, dit Falls.

— Dommage, c'est fait. »

Brant et Roberts la gardèrent à tour de rôle pendant quarante-huit heures. Ils la lavaient, la faisaient manger, la tenaient dans leurs bras. Par moments, ils lui faisaient boire du bouillon de poule, et par moments elle leur gerbait dessus.

Quand les crises venaient, comme elles arrivent, Brant la tenait bien serrée, et lui essuyait la bave qui coulait de ses lèvres. Quand elle était prise de suées, Roberts changeait les draps du lit et lui mettait un T-shirt propre.

Le troisième jour.

C'était le tour de Brant. Falls avait dormi huit heures. Elle se réveilla, son regard s'éclaircit et elle demanda : « Je pourrais avoir une tasse de thé ?

— Avec des toasts ?

— O.K., je crois bien que… »

Eh oui, deux tartines, avec une couche de margarine. Puis elle sortit du lit, sans tituber, et dit : « Je me taperais bien un double gin.

— Mais, ma cocotte, c'est ce qui a failli te tuer.

— Je sais, mais pourtant… »

Brant en découvrit une goutte au fond d'une des bouteilles. « Y en a une lichette, juste assez pour te donner la force d'aller en acheter d'autres. » Il lui présenta la bouteille. « Alors, qu'est-ce que tu vas faire, ma poulette ? »

La transpiration perlait sur son front et elle tremblait de tous ses membres. « J'en crève d'envie », dit-elle.

Il ne dit mot.

Puis elle ferma les yeux, serrant les paupières comme un enfant qui attend une surprise. « Allez-y, balancez-le. »

Ce qu'il fit.

Plus tard, après une nouvelle douche, elle demanda : « Pourquoi ?

— Pourquoi quoi ?

— Vous et le patron, pourquoi vous m'avez aidée ?

— Ben, il paraît que tu me dois du pèze. J'protège mes économies…

— J'leur ai collé ma démission. »

Brant se leva : « Fais pas l'idiote. On se retrouve au poste. Et soyez bien à l'heure, mademoiselle ! »

« À quel genre de fête
aimeriez-vous être invité ? »
« Celle, répondis-je, où il y a
le moins de chance
qu'on vous tire dessus. »

(*Minuit dans le jardin du bien
et du mal* — John Berendt)

Collie s'était organisé une soirée pour une seule personne. Un genre de festivité assez facile à préparer. On achète à boire pour six et on n'invite personne. Il avait posé sur la table basse :

4 bouteilles de Wild Turkey

2 packs de Budweiser

1 bol de dip au fromage, et

le flingue.

(Le flingue n'est pas toujours indispensable : ça dépend juste de la personne qui est à vos trousses.)

De la musique.

Verve : *Lucky Man*. En boucle.

Et pour compléter les réjouissances, il s'était préparé quatre lignes de coke.

Paré pour la java.

Quand le téléphone sonna, il attrapa le combiné et respira un bon coup : « Ouais ? » dit-il avec énergie.

Silence à l'autre bout de la ligne, puis : « Tiens, t'es rentré. »

Collie reconnut immédiatement la voix de Bill et répondit : « Oui, m'sieur.

— T'as tout foiré.

— C'est pas ma faute, m'sieur. J'ai cru qu'c'était sa p'tite amie.

— Et les menottes, ça t'a pas donné une idée ?

— J'les ai pas vues, m'sieur. J'ai cru qu'ils s'tenaient par la main… mais j'peux tout réparer.

— Et comment ça ?

— Je vais choper Brant.

— Et c'est ça que t'appelles réparer ?

— Chais pas, m'sieur… Vous me dites et moi, j'exécute… Le taxi, j'l'ai bien eu, non ? »

Long silence, soupir, puis : « C'est toi qui as buté le taxi ?

— Oui, m'sieur, une seule balle, et sans bavure.

— O.K. Reste chez toi et ne sors pas. Ça, tu peux le faire ?

— Oui, m'sieur.

— Très bien. »

✝

Quand Brant rentra chez lui, il trouva une enveloppe glissée sous sa porte. Sans timbre. Dedans, une simple feuille de papier. Et une phrase :

LE TIREUR DE L'AÉROGARE HABITE 102 VINE STREET, PORTE 4, À CLAPHAM JUNCTION

Brant attrapa son téléphone, composa un numéro et entendit la voix de Falls : « Allô ?

– C'est Brant. Dis voir, un peu d'héroïsme, ça te tenterait pas ? »

✝

Il y a, dans la banlieue d'Acapulco, un hôpital qui s'appelle « Madonna D'Esperanza ».

Notre-Dame d'Espérance.

C'est un hôpital psychiatrique où l'espérance n'est pas monnaie courante.

Parcourez le couloir C, tournez à gauche, vers la fenêtre, vous y verrez un homme assis dans un fauteuil roulant. Il ne dit rien parce qu'il sait qu'elle ne lui apparaîtra pas s'il parle. Il a les mains posées sur une couverture qui lui cache le bas du corps.

S'il garde les yeux collés à la vitre, elle finira peut-être par apparaître, et alors il chuchotera :

Stell.

Stella.

DU MÊME AUTEUR

Aux Éditions Gallimard

Dans la collection Série Noire

R&B – BLITZ, 2007.

R&B – LES MAC CABÉES, 2006.

R&B – LE MUTANT APPRIVOISÉ, n° 2738, 2005, Folio Policier n° 481.

R&B – LE GROS COUP, n° 2704, 2004, Folio Policier n° 393.

Jack Taylor – LE DRAMATURGE, 2007.

Jack Taylor – LE MARTYRE DES MAGDALÈNES, 2006.

Jack Taylor – TOXIC BLUES, 2005, Folio Policier n° 465.

Jack Taylor – DELIRIUM TREMENS, n° 2721, 2004, Folio Policier n° 417.

COLLECTION FOLIO POLICIER

Dernières parutions

126. Yasmina Khadra	*Morituri*
127. Jean-Bernard Pouy	*Spinoza encule Hegel*
128. Patrick Raynal	*Nice 42ᵉ rue*
129. Jean-Jacques Reboux	*Le massacre des innocents*
130. Robin Cook	*Les mois d'avril sont meurtriers*
131. Didier Daeninckx	*Play-back*
133. Pierre Magnan	*Les secrets de Laviolette*
135. Bernhard Schlink/ Walter Popp	*Brouillard sur Mannheim*
136. Donald Westlake	*Château en Esbroufe*
137. Hervé Jaouen	*Hôpital souterrain*
138. Raymond Chandler	*La dame du lac*
139. David Goodis	*L'allumette facile*
140. Georges Simenon	*Le testament Donadieu*
142. Boileau-Narcejac	*La main passe*
143. Robert Littell	*Ombres rouges*
144. Ray Ring	*Arizona kiss*
145. Gérard Delteil	*Balles de charité*
146. Robert L. Pike	*Tout le monde au bain*
147. Rolo Diez	*L'effet tequila*
148. Yasmina Khadra	*Double blanc*
149. Jean-Bernard Pouy	*À sec !*
150. Jean-Jacques Reboux	*Poste mortem*
151. Pascale Fonteneau	*Confidences sur l'escalier*
152. Patrick Raynal	*La clef de seize*
153. A.D.G.	*Pour venger pépère*
154. James Crumley	*Les serpents de la frontière*
155. Ian Rankin	*Le carnet noir*
156. Louis C. Thomas	*Une femme de trop*
157. Robert Littell	*Les enfants d'Abraham*
158. Georges Simenon	*Faubourg*
159. Georges Simenon	*Les trois crimes de mes amis*
160. Georges Simenon	*Le rapport du gendarme*

161.	Stéphanie Benson	*Une chauve-souris dans le grenier*
162.	Pierre Siniac	*Reflets changeants sur mare de sang*
163.	Nick Tosches	*La religion des ratés*
164.	Frédéric H. Fajardie	*Après la pluie*
165.	Matti Y. Joensuu	*Harjunpää et le fils du policier*
166.	Yasmina Khadra	*L'automne des chimères*
167.	Georges Simenon	*La Marie du Port*
168.	Jean-Jacques Reboux	*Fondu au noir*
169.	Dashiell Hammett	*Le sac de Couffignal*
170.	Sébastien Japrisot	*Adieu l'ami*
171.	A.D.G.	*Notre frère qui êtes odieux...*
172.	William Hjortsberg	*Nevermore*
173.	Gérard Delteil	*Riot gun*
174.	Craig Holden	*Route pour l'enfer*
175.	Nick Tosches	*Trinités*
176.	Frederic H. Fajardie	*Clause de style*
177.	Alain Page	*Tchao pantin*
178.	Harry Crews	*La foire aux serpents*
179.	Stéphanie Benson	*Un singe sur le dos*
180.	Lawrence Block	*Un danse aux abattoirs*
181.	Georges Simenon	*Les sœurs Lacroix*
182.	Georges Simenon	*Le cheval Blanc*
183.	Albert Simonin	*Touchez pas au grisbi !*
184.	Jean-Bernard Pouy	*Suzanne et les ringards*
185.	Pierre Siniac	*Les monte-en-l'air sont là !*
186.	Robert Stone	*Les guerriers de l'enfer*
187.	Sylvie Granotier	*Sueurs chaudes*
188.	Boileau-Narcejac	*Et mon tout est un homme*
189.	A.D.G.	*On n'est pas des chiens*
190.	Jean Amila	*Le boucher des Hurlus*
191.	Robert Sims Reid	*Cupide*
192.	Max Allan Collins	*La mort est sans remède*
193.	Jean-Bernard Pouy	*Larchmütz 5632*
194.	Jean-Claude Izzo	*Total Khéops*
195.	Jean-Claude Izzo	*Chourmo*
196.	Jean-Claude Izzo	*Solea*
197.	Tom Topor	*L'orchestre des ombres*
198.	Pierre Magnan	*Le tombeau d'Helios*
199.	Thierry Jonquet	*Le secret du rabbin*
200.	Robert Littell	*Le fil rouge*

201.	Georges Simenon	*L'aîné des Ferchaux*
202.	Patrick Raynal	*Le marionnettiste*
203.	Didier Daeninckx	*La repentie*
205.	Charles Williams	*Le pigeon*
206.	Francisco González Ledesma	*Les rues de Barcelone*
207.	Boileau-Narcejac	*Les louves*
208.	Charles Williams	*Aux urnes, les ploucs !*
209.	Larry Brown	*Joe*
210.	Pierre Pelot	*L'été en pente douce*
211.	Georges Simenon	*Il pleut bergère…*
212.	Thierry Jonquet	*Moloch*
213.	Georges Simenon	*La mauvaise étoile*
214.	Philip Lee Williams	*Coup de chaud*
215.	Don Winslow	*Cirque à Piccadilly*
216.	Boileau-Narcejac	*Manigances*
217.	Oppel	*Piraña matador*
218.	Yvonne Besson	*Meurtres à l'antique*
219.	Michael Dibdin	*Derniers feux*
220.	Norman Spinrad	*En direct*
221.	Charles Williams	*Avec un élastique*
222.	James Crumley	*Le canard siffleur mexicain*
223.	Henry Farrell	*Une belle fille comme moi*
224.	David Goodis	*Tirez sur le pianiste !*
225.	William Irish	*La sirène du Mississippi*
226.	William Irish	*La mariée était en noir*
227.	José Giovanni	*Le trou*
228.	Jerome Charyn	*Kermesse à Manhattan*
229.	A.D.G.	*Les trois Badours*
230.	Paul Clément	*Je tue à la campagne*
231.	Pierre Magnan	*Le parme convient à Laviolette*
232.	Max Allan Collins	*La course au sac*
233.	Jerry Oster	*Affaires privées*
234.	Jean-Bernard Pouy	*Nous avons brûlé une sainte*
235.	Georges Simenon	*La veuve Couderc*
236.	Peter Loughran	*Londres Express*
237.	Ian Fleming	*Les diamants sont éternels*
238.	Ian Fleming	*Moonraker*
239.	Wilfrid Simon	*La passagère clandestine*
240.	Edmond Naughton	*Oh ! collègue*
241.	Chris Offutt	*Kentucky Straight*

242.	Ed McBain	*Coup de chaleur*
243.	Raymond Chandler	*Le jade du mandarin*
244.	David Goodis	*Les pieds dans les nuages*
245.	Chester Himes	*Couché dans le pain*
246.	Élisabeth Stromme	*Gangraine*
247.	Georges Simenon	*Chemin sans issue*
248.	Paul Borelli	*L'ombre du chat*
249.	Larry Brown	*Sale boulot*
250.	Michel Crespy	*Chasseurs de tête*
251.	Dashiell Hammett	*Papier tue-mouches*
252.	Max Allan Collins	*Mirage de sang*
253.	Thierry Chevillard	*The Bad Leitmotiv*
254.	Stéphanie Benson	*Le loup dans la lune bleue*
255.	Jérome Charyn	*Zyeux-bleus*
256.	Jim Thompson	*Le lien conjugal*
257.	Jean-Patrick Manchette	*Ô dingos, ô châteaux !*
258.	Jim Thompson	*Le démon dans ma peau*
259.	Robert Sabbag	*Cocaïne blues*
260.	Ian Rankin	*Causes mortelles*
261.	Ed McBain	*Nid de poulets*
262.	Chantal Pelletier	*Le chant du bouc*
263.	Gérard Delteil	*La confiance règne*
264.	François Barcelo	*Cadavres*
265.	David Goodis	*Cauchemar*
266.	John D. MacDonald	*Strip-tilt*
267.	Patrick Raynal	*Fenêtre sur femmes*
268.	Jim Thompson	*Des cliques et des cloaques*
269.	Lawrence Block	*Huit millions de façons de mourir*
270.	Joseph Bialot	*Babel-Ville*
271.	Charles Williams	*Celle qu'on montre du doigt*
272.	Charles Williams	*Mieux vaut courir*
273.	Ed McBain	*Branle-bas au 87*
274.	Don Tracy	*Neiges d'antan*
275.	Michel Embareck	*Dans la seringue*
276.	Ian Rankin	*Ainsi saigne-t-il*
277.	Bill Pronzini	*Le crime de John Faith*
278.	Marc Behm	*La Vierge de Glace*
279.	James Eastwood	*La femme à abattre*
280.	Georg Klein	*Libidissi*
281.	William Irish	*J'ai vu rouge*
282.	David Goodis	*Vendredi 13*

283. Chester Himes	*Il pleut des coups durs*
284. Guillaume Nicloux	*Zoocity*
285. Lakhdar Belaïd	*Sérail killers*
286. Caryl Férey	*Haka*
287. Thierry Jonquet	*Le manoir des immortelles*
288. Georges Simenon	*Oncle Charles s'est enfermé*
289. Georges Simenon	*45° à l'ombre*
290. James M. Cain	*Assurance sur la mort*
291. Nicholas Blincoe	*Acid Queen*
292. Robin Cook	*Comment vivent les morts*
293. Ian Rankin	*L'ombre du tueur*
294. François Joly	*Be-bop à Lola*
295. Patrick Raynal	*Arrêt d'urgence*
296. Craig Smith	*Dame qui pique*
297. Bernhard Schlink	*Un hiver à Mannheim*
298. Francisco González Ledesma	*Le dossier Barcelone*
299. Didier Daeninckx	*12, rue Meckert*
300. Dashiell Hammett	*Le grand braquage*
301. Dan Simmons	*Vengeance*
302. Michel Steiner	*Mainmorte*
303. Charles Williams	*Une femme là-dessous*
304. Marvin Albert	*Un démon au paradis*
305. Fredric Brown	*La belle et la bête*
306. Charles Williams	*Calme blanc*
307. Thierry Crifo	*La ballade de Kouski*
308. José Giovanni	*Le deuxième souffle*
309. Jean Amila	*La lune d'Omaha*
310. Kem Nunn	*Surf City*
311. Matti Y. Joensuu	*Harjunpäa et l'homme-oiseau*
312. Charles Williams	*Fantasia chez les ploucs*
313. Larry Beinhart	*Reality show*
315. Michel Steiner	*Petites morts dans un hôpital psychiatrique de campagne*
316. P.J. Wolfson	*À nos amours*
317. Charles Williams	*L'ange du foyer*
318. Pierre Rey	*L'ombre du paradis*
320. Carlene Thompson	*Ne ferme pas les yeux*
321. Georges Simenon	*Les suicidés*
322. Alexandre Dumal	*En deux temps, trois mouvements*
323. Henry Porter	*Une vie d'espion*

324.	Dan Simmons	*L'épée de Darwin*
325.	Colin Thibert	*Noël au balcon*
326.	Russel Greenan	*La reine d'Amérique*
327.	Chuck Palahniuk	*Survivant*
328.	Jean-Bernard Pouy	*Les roubignoles du destin*
329.	Otto Friedrich	*Le concasseur*
330.	François Muratet	*Le Pied-Rouge*
331.	Ridley Pearson	*Meurtres à grande vitesse*
332.	Gunnar Staalesen	*Le loup dans la bergerie*
333.	James Crumley	*La contrée finale*
334.	Matti Y. Joensuu	*Harjunpää et les lois de l'amour*
335.	Sophie Loubière	*Dernier parking avant la plage*
336.	Alessandro Perissinotto	*La chanson de Colombano*
337.	Christian Roux	*Braquages*
338.	Gunnar Staalesen	*Pour le meilleur et pour le pire*
339.	Georges Simenon	*Le fils Cardinaud*
340.	Tonino Benacquista	*Quatre romans noirs*
341.	Richard Matheson	*Les seins de glace*
342.	Daniel Berkowicz	*La dernière peut-être*
343.	Georges Simenon	*Le blanc à lunettes*
344.	Graham Hurley	*Disparu en mer*
345.	Bernard Mathieu	*Zé*
346.	Ian Rankin	*Le jardin des pendus*
347.	John Farris	*Furie*
348.	Carlene Thompson	*Depuis que tu es partie*
349.	Luna Satie	*À la recherche de Rita Kemper*
350.	Kem Nunn	*La reine de Pomona*
351.	Chester Himes	*Dare-dare*
352.	Joe R. Lansdale	*L'arbre à bouteilles*
353.	Peppe Ferrandino	*Le respect*
354.	Davis Grubb	*La nuit du chasseur*
355.	Georges Simenon	*Les Pitard*
356.	Donald Goines	*L'accro*
357.	Colin Bateman	*La bicyclette de la violence*
358.	Staffan Westerlund	*L'institut de recherches*
359.	Matilde Asensi	*Iacobus*
360.	Henry Porter	*Nom de code : Axiom Day*
361.	Colin Thibert	*Royal Cambouis*
362.	Gunnar Staalesen	*La Belle dormit cent ans*
363.	Don Winslow	*À contre-courant du Grand Toboggan*

364. Joe R. Lansdale	*Bad Chili*
365. Christopher Moore	*Un blues de coyote*
366. Jo Nesbø	*L'homme chauve-souris*
367. Jean-Bernard Pouy	*H4Blues*
368. Arkadi et Gueorgui Vaïner	*L'Évangile du bourreau*
369. Staffan Westerlund	*Chant pour Jenny*
370. Chuck Palahniuk	*Choke*
371. Dan Simmons	*Revanche*
372. Charles Williams	*La mare aux diams*
373. Don Winslow	*Au plus bas des Hautes Solitudes*
374. Lalie Walker	*Pour toutes les fois*
375. Didier Daeninckx	*La route du Rom*
376. Yasmina Khadra	*La part du mort*
377. Boston Teran	*Satan dans le désert*
378. Giorgio Todde	*L'état des âmes*
379. Patrick Pécherot	*Tiuraï*
380. Henri Joseph	*Le paradis des dinosaures*
381. Jean-Bernard Pouy	*La chasse au tatou dans la pampa argentine*
382. Jean-Patrick Manchette	*La Princesse du sang*
383. Dashiell Hammett	*L'introuvable*
384. Georges Simenon	*Touriste de bananes*
385. Georges Simenon	*Les noces de Poitiers*
386. Carlene Thompson	*Présumée coupable*
387. John Farris	*Terreur*
388. Manchette-Bastid	*Laissez bronzer les cadavres !*
389. Graham Hurley	*Coups sur coups*
390. Thierry Jonquet	*Comedia*
391. George P. Pelecanos	*Le chien qui vendait des chaussures*
392. Ian Rankin	*La mort dans l'âme*
393. Ken Bruen	*R&B. Le gros coup*
394. Philip McLaren	*Tueur d'aborigènes*
395. Eddie Little	*Encore un jour au paradis*
396. Jean Amila	*Jusqu'à plus soif*
397. Georges Simenon	*L'évadé*
398. Georges Simenon	*Les sept minutes*
399. Leif Davidsen	*La femme de Bratislava*
400. Batya Gour	*Meurtre sur la route de Bethléem*
401. Lamaison-Sophocle	*Œdipe roi*

402.	Chantal Pelletier	*Éros et Thalasso*
403.	Didier Daeninckx	*Je tue il...*
404.	Thierry Jonquet	*Du passé faisons table rase*
405.	Patrick Pécherot	*Les brouillards de la Butte*
406.	Romain Slocombe	*Un été japonais*
407.	Joe R. Lansdale	*Les marécages*
408.	William Lashner	*Vice de forme*
409.	Gunnar Staalesen	*La femme dans le frigo*
410.	Franz-Olivier Giesbert	*L'abatteur*
411.	James Crumley	*Le dernier baiser*
412.	Chuck Palahniuk	*Berceuse*
413.	Christine Adamo	*Requiem pour un poisson*
414.	James Crumley	*Fausse piste*
415.	Cesare Battisti	*Les habits d'ombre*
416.	Cesare Battisti	*Buena onda*
417.	Ken Bruen	*Delirium tremens*
418.	Jo Nesbø	*Les cafards*
419.	Batya Gour	*Meurtre au Kibboutz*
420.	Jean-Claude Izzo	*La trilogie Fabio Montale*
421.	Douglas Kennedy	*Cul-de-sac*
422.	Franco Mimmi	*Notre agent en Judée*
423.	Caryl Férey	*Plutôt crever*
424.	Carlene Thompson	*Si elle devait mourir*
425.	Laurent Martin	*L'ivresse des dieux*
426.	Georges Simenon	*Quartier nègre*
427.	Jean Vautrin	*À bulletins rouges*
428.	René Fregni	*Lettre à mes tueurs*
429.	Lalie Walker	*Portées disparues*
430.	John Farris	*Pouvoir*
431.	Graham Hurley	*Les anges brisés de Somerstown*
432.	Christopher Moore	*Le lézard lubrique de Melancholy Cove*
433.	Dan Simmons	*Une balle dans la tête*
434.	Franz Bartelt	*Le jardin du Bossu*
435.	Reiner Sowa	*L'ombre de la Napola*
436.	Giorgio Todde	*La peur et la chair*
437.	Boston Teran	*Discovery Bay*
438.	Bernhard Schlink	*Le nœud gordien*
439.	Joseph Bialot	*Route Story*
440.	Martina Cole	*Sans visage*
441.	Thomas Sanchez	*American Zazou*

442. Georges Simenon — *Les clients d'Avrenos*
443. Georges Simenon — *La maison des sept jeunes filles*
444. J.-P. Manchette & B.-J. Sussman — *L'homme au boulet rouge*
445. Gerald Petievich — *La sentinelle*
446. Didier Daeninckx — *Nazis dans le métro*
447. Batya Gour — *Le meurtre du samedi matin*
448. Gunnar Staalesen — *La nuit, tous les loups sont gris*
449. Matilde Asensi — *Le salon d'ambre*
450. Jo Nesbø — *Rouge-gorge*
451. Olen Steinhauer — *Cher camarade*
452. Pete Dexter — *Deadwood*
454. Keith Ablow — *Psychopathe*
455. Batya Gour — *Meurtre à l'université*
456. Adrian McKinty — *À l'automne, je serai peut-être mort*
457. Chuck Palahniuk — *Monstres invisibles*
458. Bernard Mathieu — *Otelo*
459. James Crumley — *Folie douce*
460. Henry Porter — *Empire State*
461. James Hadley Chase — *Pas d'orchidées pour Miss Blandish*
462. James Hadley Chase — *La chair de l'orchidée*
463. James Hadley Chase — *Eva*
464. Arkadi et Gueorgui Vaïner — *38, rue Petrovka*
465. Ken Bruen — *Toxic Blues*
466. Larry Beinhart — *Le bibliothécaire*
467. Caryl Férey — *La jambe gauche de Joe Strummer*
468. Jim Thompson — *Deuil dans le coton*
469. Jim Thompson — *Monsieur Zéro*
470. Jim Thompson — *Éliminatoires*
471. Jim Thompson — *Un chouette petit lot*
472. Lalie Walker — *N'oublie pas*
473. Joe R. Lansdale — *Juillet de sang*
474. Batya Gour — *Meurtre au Philharmonique*
475. Carlene Thompson — *Les secrets sont éternels*
476. Harry Crews — *Le Roi du K.O.*
477. Georges Simenon — *Malempin*
478. Georges Simenon — *Les rescapés du Télémaque*

Composition Nord Compo
Impression Novoprint
le 20 août 2007
Dépôt légal : août 2007

ISBN 978-2-07-034753-7/Imprimé en E

152421